영들의 별

서종식

충남 논산 가야곡 삼전리의 작은 마을에서 출생

써낸 글 | [달의금(중편)], [세균;휴머져엄(단편)], [1527억(장편)],
[야스쿠니;멸(장편)],[영들의 별]

영들의 별

초판 1쇄 발행 2024년 11월 6일

지은이 서종식
펴낸이 장현수
펴낸곳 메이킹북스
출판등록 제 2019-000010호

디자인 이정아
편집 이정아
교정 강인영
마케팅 김소형

주소 서울특별시 구로구 경인로 661, 핀포인트타워 912-914호
전화 02-2135-5086
팩스 02-2135-5087
이메일 making_books@naver.com
홈페이지 www.makingbooks.co.kr

ISBN 979-11-6791-601-3(03810)
값 16,800원

ⓒ 서종식 2024 Printed in Korea

잘못된 책은 구입하신 곳에서 바꾸어 드립니다.
이 책의 전부 또는 일부 내용을 재사용하려면 사전에 저작권자와 펴낸곳의 동의를 받아야 합니다.

홈페이지 바로가기

메이킹북스는 저자님의 소중한 투고 원고를 기다립니다.
출간에 대한 관심이 있으신 분은 making_books@naver.com로 보내 주세요.

| 목차 |

선계	7
영계	49
실체	75
흑화	109
소멸 극복	141
영들의 별	179

선계

*

안드로메다 은하계에 있는 행성 쿠트나호라.

행성의 최고 지도자 아툼(Atum)은 이곳 쿠트나호라에 생명체들의 이상향을 이루었다. 그는 선족의 우두머리로서 행하여야 하는 선한 영도력과, 선족이 보유한 학문과 과학의 정수를 이용하여, 공중과 지상과 물속과 지하의 미세한 생명체까지도 아우르는 '완전하고 무한한 선순환 생태계'를 완성하였다.

이곳에는 먹이가 되는 생명체에게 먹이를 얻은 생명체가 보내는 경외와 헌사가 존재했다. 생명체로서 몸을 내어주는 존재와 다른 생명체의 몸을 얻어야만 생명을 유지하는 존재가 가지는 결코 끊어낼 수 없는 먹이 사슬의 고리가 악이 아닌 단순한 확률의 문제로 인정하고 인정받는 곳. 생명체들은 잔혹하게 존재하는 DNA의 약육강식 논리마저 저마다의 생존을 위한 피할 수 없는 운명으로 인정해 주며 받아들인다. 이곳의 모든 생명체는 잘 알고 있다. 지금 내 몸을 얻어야만 생명을 유지하는 저 생명체도, 결국에는 다른 생명체의 목숨을 유지하는 데 도움을 주는 생명체일 뿐임을…. 그래서 이곳은 악한 먹이 사슬이 존재하지 않는 생명체들의 천국이다.

선족은 그렇게 이루어진 선한 먹이 사슬에서 몸의 한계를 극복하고 벗어난 존재로 생명체의 영을 식량으로 삼는 최상위 포식자 위치에 자리하고 있다.

모든 생명체에는 영이 깃들어 있다. 하루살이의 몸에도, 박테리아의 몸에도, 물속을 휘젓는 고래의 몸에도, 이제 막 부화한 피라미의 몸에도, 수천 년을 이어온 거목의 몸에도, 어제 온 비로 살며시 싹을 틔운 민들레의 몸에도, 서리를 맞아 시들어 가는 들풀의 몸에도, 두 뼘의 좁은 화분에 뿌리를 가득 채운 채 수십 년을 버텨내고 있는 소나무 분재의 몸에도, 이제 막 화려하게 꽃을 피워 향기 가득한 들꽃의 몸에도, 그 꽃의 꿀을 탐내는 꿀벌의 몸에도.

우리에 갇혀 담즙을 생산하는 공장이 되어 버린 반달가슴곰의 몸에도, 온갖 중금속으로 오염된 물속에서 가쁜 숨을 몰아쉬는 물고기의 몸에도, 그 물고기를 먹으려고 노려보고 있는 왜가리의 몸에도, 귀가하는 여린 소녀를 노리는 욕망 가득한 늙은 남자의 몸에도, 위험을 눈치채지 못하고 좋아하는 가수의 노래를 콧노래하며 길을 걷는 아이의 몸에도, 정적을 위험에 빠트리려고 폭력배 하수인과 모의하고 있는 국회의원의 몸에도, 어젯밤에 붙잡아 온 여자에게 마약을 주사하고 욕정을 채울 기대에 흥분한 범죄자의 몸에도, 간밤에 득도한 기쁨으로 아침에 떠오른 태양이 찬란한 구도자의 몸에도⋯.

다만, 이 모든 생명체에 깃들어 있는 영이 가지는 가치는 같지 않다. 같지 않아야 한다. 같아서는 안 된다. 같을 수 없어야 하는 것이 진리다.

아툼은 이 진리를 잘 알고 있다. 그가 이 사실을 아는 것은 최고의 권

위자이기 때문이 아니다. 모든 포식자는 피포식자의 모든 것을 꿰뚫어야 한다. 그래야만 포식을 할 수 있는 것이다. 생명체의 영이 식량인 선족 모두에게는 그래서 이는 상식이다.

아툼에게 오늘 아침은 더 특별했다. 어젯밤 아내가 아들을 분리했다. 선족 족장의 대를 이을 후계자의 탄생이다. 기쁨에 들떠 밤새 고민하며 지은 이름을 아내에게 말해주고 싶어서 그는 매우 행복한 마음이다.

"몸이 좀 어떻소."

방식이 어떠하든 후대를 이어갈 생명체를 남기는 일은 모든 생명체가 가진 숙명이고 고통이지만 또한 기쁨이고 행복이다. 선족은 진화의 정점에 있는 생명체로서 때로는 죽음에 이르는 고통을 동반하는 포유 방식의 출산을 하진 않지만, 어떤 생명체에게나 후손을 얻는 일은 기력을 다 쏟아야 하는 일이다.

"당신의 고마워해 주는 마음이 내 고통을 덜어 줬어요."

그녀는 남편의 다정하고 걱정스러운 물음에 밝은 웃음으로 대답했다. 아툼은 아내 옆에 뉘어진 아들에게 시선을 둔 채로 아내에게 말했다.

"나는 우리 아이의 이름을 '아트라하시스'로 하고 싶소."

"네! 부르기 쉽고 용맹스러운 이름이네요."

부부는 행복한 눈 맞춤을 나눴다.

*

조심스럽게 말문을 여는 크로노스를 보며 아툼은 의아했다.

'저 괄괄한 친구가 오늘은 왜 이렇게 신중하지?'

"족장님께서 귀중한 아들을 얻으신 기쁨을 누리시는데 쿠트나호라에 위험이 닥쳤음을 보고드리게 되어 죄송합니다."

"대장군답지 않네. 무슨 일이기에 그렇게 조심스러운 것인가."

"여기 천문관의 보고서가 있습니다. 3천 년을 주기로 우리 태양을 공전하는 소행성 하나가 궤적에서 멀리 떨어진 블랙홀의 중력 영향을 받아 궤도가 바뀌었답니다."

"우리의 과학 기술이면 소행성의 궤도를 바꾸는 일은 어렵지 않지 않은가?"

소란을 피우지 말라는 투로 말하는 그의 말에 크로노스의 목소리가 더욱 작아졌다.

"그게… 소행성이 너무 커서 불가능하다는 보고입니다."

아툼은 책상에 놓인 보고서를 펼쳤다. 그의 입에서 신음이 흘렀다.

'소행성 직경의 크기가 무려 45km라니!'

그러나 보고서는 소행성의 크기보다 쿠트나호라에 부딪칠 확률을 더 염려하고 있었다.

'5만km 이내로 근접 확률 96%, 충돌 확률 85%'

"이만한 크기의 소행성이 충돌한다면 맨틀의 일부가 뜯겨 나갈 만큼 가공할 만한 충격을 받는다. 그렇게 엄청난 재앙의 예상 시기가 불과 15년 후란 말인가."

너무 갑작스럽고 충격적인 내용에 회의에 참석한 모두는 더 이상 말을 꺼내지 못했다. 찬란한 쿠트나호라 문명에 멸망의 위기가 닥친 것이다.

마냥 패닉에 빠져 있을 수는 없는 일이다.

"천문관의 책임자는 이 사태에 대한 브리핑을 시작하세요."

천문관장이 비장한 표정으로 말문을 열었다.

"저희가 충돌 확률 85%인 자료를 배부하였지만, 이는 최소한의 확률 값입니다. 저는 족장님께 지금 당장 종족의 생존 프로젝트를 가동하기를 요청드립니다."

그의 말에 좌중은 한층 더 두터운 침묵에 싸였다.

"우리에게는 여러 가지의 생존 프로젝트가 있소. 대피를 위한 방안과 탈출을 위한 방안 중에 어떤 플랜을 염두에 두고 하는 말이오."

"쿠트나호라를 버리고 새로운 곳에 정착해서 종족을 이어 나가는 최후의 방안을 찾을 시기입니다. 이곳에서 2만 광년 떨어진 곳에 위치한 생명체로 가득한 행성의 위성에, 만약을 대비해서 우리가 구축해 놓은 임시 기지가 있습니다."

"나도 알고 있소. 그 거리면 우리 우주 함대가 워프 항법으로 가도 20년은 걸리는 먼 곳인데, 그 말은 지금 천문관장은 소행성 충돌로 인해 쿠트나호라에 멸망이 있을 것이라는 예측을 하고 있다는 말이오?"

"예, 불행하게도 이곳에 크나큰 재앙이 닥치게 되었음을 저는 확신합니다. 지금은 오직 소수만이라도 탈출시켜서 선족의 명맥을 이어나가는 길만이 남아 있습니다."

"시간이 촉박하니 이 자리에서 모든 것을 결정하는 끝장 토론으로 들어갑니다. 천문관장의 말대로 준비를 합시다. 다행스럽게 최악의 상황을 피할 수 있다면, 그때 가서 계획을 변경하면 될 일이니까요. 그렇지만 탈출할 우주선에 탑승한 사람들에게는 위기와 기회가 공존하는 것을 인정해야 합니다. 쿠트나호라가 멸망한다면 그들은 목숨을 건지겠지만, 그곳에서 커다란 생존을 건 도전에 직면할 것이고, 다행스럽게 우리가 이 재난을 피하게 된다면, 그들은 우주 공간에서 수십 년을 허비하는 엄청난 희생을 감수해야 합니다. 우리는 탈출할 비행선의 탑승자를 결정함에 있어서 자유 의지를 존중해야 합니다."

한참을 술렁이던 좌중이 끝내 결론을 찾지 못하자, 아툼이 다시 말을 이어갔다.

"우선 이 사실을 선족 전체에게 알리겠습니다. 그리고 자원을 받아 탑승자를 정하겠습니다."

대부분의 부족원들은 닥칠 위기를 실감하지 못했고, 일부는 신뢰하지 않았다. 그만큼 탑승 지원자도 많지 않았다.

"우리는 최소한 만 오천 명의 탑승자가 필요합니다. 유전자의 다양성을 확보하기 위한 최소한의 인원입니다. 만약 다양성을 확보하지 못하면 우리가 그곳으로 이주를 한들, 선족은 자연적으로 소멸의 길을 걷게 될 것입니다. 더 적극적인 방법을 찾아야 합니다."

그렇지만 족장의 독려에도 선족 대부분은 쿠트나호라의 멸망을 상상하지 않았다. 그동안의 삶이 평온하고 안전했기에 더 위기를 실감하지 못했다. 더구나 모두가 위험에 처할 대상이 자신은 아니라는 안이함에 빠졌다. 아툼은 결단이 필요함을 알았다.

"부인, 우리 부족에게 나의 결단과 희생이 필요한 것 같소. 당신에게 너무 잔인한 일이지만, 비행선에 아트라하시스를 태웁시다."

갓 태어난 아들을 바라보며 행복한 미소를 짓고 있던 그녀는, 아직 얼굴에서 미소를 미처 지우지 못한 채 깜짝 놀라 고개를 들었다. 웃음기가 남은, 그러나 혼란스러운 얼굴이었다.

크로노스는 오래 고민하지 않았다. 자신과 가족들 모두가 탈출 비행선에 탑승을 신청하기로 했다. 성공하면 온 가족을 구하는 것이었다. 소행성이 다행스럽게도 쿠트나호라를 비켜가 다시 돌아올 경우에도 그 또한 자신과 가족들이 선족을 위해 희생을 자처하고, 족장인 아툼에게 충성심을 보여준 것이 된다. 하지만 그는 쿠트나호라가 소행성에 의해 멸망되기를 바랐고 이번의 사태는 그 가능성도 충분해 보였다. 족장의 지위가 직계 혈통으로 승계되는 체제에서 이번에 태어난 족장의 아들 아트라하시스로 인해 자신은 영원히 2인자로 남을 것이었다. 모험이 되더라도 차라리 탈출 비행선에 탑승한 만 오천 명을 이끌고 지도자로서 살아가는 것이 남자로서 보람 있고 도전할 가치 있는 의미 있는 결단이라고 믿었다. 수십 년만 견뎌내면 선족의 인구는 늘어날 것이고, 그때면 제법 안정을 찾은 부족의 모습을 갖출 것이다. 그는 아내와 자식들과 형제들, 심복인 히페리온에게 비행선 탑승을 명령했다.

아툼은 대장군 크로노스가 비행선 탑승을 신청한 것을 알았다.

"장군의 충성심을 치하한다."

"족장님의 명령을 수행할 따름입니다."

아툼은 크로노스의 야심을 잘 알고 있었다. 어린 아들을 그런 대장군과 같이 비행선에 태우는 것은 큰 모험이었다. 그래도 어쩔 수 없는 일이었다.

'이번에 다가오는 소행성이 쿠트나호라에는 피할 수 없는 운명일 것이다.'

그의 본능은 이렇게 말하고 있었다. 그렇다면 모험을 감수해야만 하는 일이다. 아들의 운명에 앞날을 걸어볼 수밖에는 다른 도리가 없었다. 그렇다 해도 그는 대장군의 야망이 불길했다. 그는 하는 수 없이 심복 트리톤에게도 비행선에 탑승할 것을 당부했다.

　선족의 과학 기술은 워프(Warp) 항법이 가능한 우주 함대를 보유할 정도로 높은 수준이었다. 그 함대로도 20년이 걸리는 다른 은하로의 이주 시도는 서로가 나시는 볼 수 없음을 의미했다. 이 선택은 선족에게는 최대 위기이자 동시에 새로운 기회가 되기도 할 것이다.
　선족의 뛰어난 과학적인 성취는 진화의 과정에도 적용되었다. 그 결과 강장동물의 한계를 극복하는 진화를 이루어 내는 성과를 얻었다.
　나무의 뿌리에 해당하는 소화기관을 몸에 지니고 다니는 존재인 강장동물. 그러나 이동의 자유는 그만큼의 상실을 요구했다. 육체 안에 들어선 내부 기관은 끝없는 고장을 일으켰고 수많은 질병을 야기하며 생명체의 수명을 단축시켰다.
　외부로부터 영양물질을 공급받아 유기물을 섭취해야만 생존할 수 있는 생물체인 타가 영양체. 이것은 혹독한 대가를 요구하는 자유였다. 사냥을 해야만 생존이 가능하다는 의미다.
　사냥.
　1. 총이나 활 또는 길들인 매나 올가미 따위로 산이나 들의 짐승을 잡는 일.
　2. 힘센 짐승이 약한 짐승을 먹이로 잡는 일.
　그들은 사냥을 통해 다른 생명체를 죽이거나 손상시켜야 생존이 가능한 생명체의 한계를 떠안아야만 했다.
　이런 수렵 채집인이 가지는 한계를 극복하고. 다른 생명체의 몸을 빼앗는 일을 멈추고자 하는 선족의 노력은 마침내 그들을 영적인 존재의 수준에 근접하게 하였다. 몸 안에 있는 화학 공장을 없애는 진화를 이루자 마침내 수명도 10배나 늘었다.

  그렇지만, 무엇인가로부터 에너지를 얻어야 하는 '타가 영양'을 완전하게 극복하지는 못했다. 결국 선족은 다른 생명체의 영을 식량으로 삼게 되었다.

  그들이 임시 기지를 건설해 놓은 곳은 다름 아닌 지구의 달이다. 우주에서 찾아낸 푸른 행성 지구는 매력 만점이었다. 온갖 생명체가 가득한 지구는 선족에게는 곡창 지대 같은 선물이었다. 그리고 그 주위를 맴도는 달은 뒷면을 감추어 완벽한 은신처를 선족에게 제공했다.

  달에 기지를 건설하며 지구를 탐색하던 그들은 하나의 고등동물을 발견했다. 그들이 과거 진화를 이루기 전에 지녔던 형상과 유사한 동물을 발견한 것이다. 사람이었다. 선족은 이 존재의 영이 매우 다양한 특성을 가진 마치 종합 선물 세트와 같은 동물임을 파악했다.

  이 동물은 지구의 최상위 포식자이면서, 나름의 문화도 가지고 있었다. 그중에서도 선족을 가장 당황하고 혼란스럽게 만든 것은 사람이라는 하나의 종이 가지는 다양한 영의 존재였다. 분류조차 불가능할 정도의 다양성을 가진 사람의 영은, 풀뿌리 하나에도 못 미치는 영양가를 가지기도 하였고, 최고의 명약에 견주어도 손색이 없는 영도 적게나마 확인되었다. 선족의 '영 스펙트럼' 분류 기계가 보유한 품목 수를 훨씬 뛰어넘는 다양성이었다. 이 다양성은 풍부함의 의미와도 맞닿아 있었다. 고향인 쿠트나호라에도 없는 이 생명체는 완벽한 영양의 보고였다.

  "이제 이 지구가 앞으로 달에서 살아갈 우리 종족을 먹여 살리게 될 것이다."

  아툼이 떠나는 크로노스 일행에게 마지막 축사로 남긴 말은 이를 의미함이었다.

쿠트나호라를 탈출해서 지구로 향하던 크로노스 일행은 달 기지에 도착하기 전 아툼의 마지막 명령을 전달받았다.
"생존해서 종족을 지켜라. 이제 쿠트나호라의 모든 생명체는 멸망할 것이다. 소행성이 지금 쿠트나호라의 대기권을 뚫었다. 마지막 지시를 하달한다. 반드시 살아남아라."
크로노스는 울부짖는 일행에게 명령을 내렸다.
"이 시간 이후로 우리는 쿠트나호라를 잊는다. 아툼 족장님의 마지막 명령을 지켜내기 위해 나와 우리 모두는 반드시 종족을 지켜낸다. 족장님의 명령을 한시도 잊지 마라."

*

아트라하시스가 서른이 되었다. 이는 선족이 달에 도착한 지 어느새 10년이 지났음을 의미했다. 트리톤은 '아툼 족장의 유일한 후계자'를 지켜내느라 10년을 100년처럼 살았다. 크로노스는 그만큼 집요하게 아트라하시스를 견제하며 제거하고자 안간힘을 썼다. 그의 나이가 서른이 되었지만, 평균 수명이 700살이 넘는 선족에게는 아직 갓난아기나 다름없었다. 트리톤의 보호가 아니었다면 그는 벌써 죽은 목숨이었다. 부하를 보는 아버지 아툼의 믿음은 정확했다. 트리톤은 아트라하시스를 지혜를 갖춘 강인한 무사로 길러냈다.
그는 후계자 지정을 서둘렀다. 쿠트나호라 시절, 선족의 전통은 자식이 50살이 되어야 족장은 비로소 후계자 지정 의식을 진행하였다. 그렇지만 크로노스의 야욕이 점점 커지고 노골적으로 변하고 있는 상황에서 앞으로 20년을 더 버티는 것은 매우 위험한 일이었다. 게다가 그가 아직 시간적인 여유가 있다고 여겨 경계심 없이 서두르지 않고 있는 지금이 적기였다. 아직은 달에 이주해 온 선족의 대부분이 아트라하시스를 차기 족장으로 여기고 있지만, 시간이 흐를수록 위험은 가중될 것이다. 지금도 일부 선족들에게서는 조금씩이나마 새로운 족장감으로 크로노스에게 마음이 기울고 있음이 감지되고 있는 상황이었다.

"이 자리에 함께한 여러분들에게 감사드립니다. 아툼 족장님이 스스로를 희생하시고 우리들을 이곳으로 이주하게 하여, 우리가 목숨을 이어가고 있습니다. 그 은혜를 갚으려면 우리는 아트라하시스를 족장으로 모셔야 합니다."

트리톤이 뜻을 같이하는 동지들을 모아 새 족장 추대를 위한 분위기를 조성하기 위해 나선 자리에서 말했다.

"지금 크로노스 대장군은 자신이 마치 족장인 듯 위세를 부리고 있습니다. 일부는 그에게 동조를 하고 있기도 합니다. 시간이 흐를수록 그의 위치는 더욱 강력해질 것이고 지지 세력도 더욱 불어날 것입니다. 서두르지 않으면 아트라하시스님이 위험합니다."

자리를 같이한 모든 이들은 같은 염려를 하고 있었다.

크로노스는 분위기가 무르익고 있음을 느꼈다. 아툼이 죽고 없는 지금이, 달의 기지로 이주를 하고 초기의 험난한 역경을 이겨내며 10년 동안 선족을 무난하게 이끌어 온 지금이, 부족원들에게 자신의 공적을 인정받고 있는 지금이, 자신이 차기 족장의 적임자임을 부각시킬 절호의 기회였다.

"크로노스 대장군께서 달의 기지로 선족들이 이주를 한 뒤, 10년의 시간을 절치부심하여 안정시키고, 이주 당시에 만 오천에 불과하던 부족원을 삼만에 이르도록 이끌어 주셨습니다. 선족의 미래를 걱정하는 부족원 중의 하나로서 이제 우리에게 구심점이 필요하다고 생각합니다. 비록 아툼 족장의 아들이 있지만, 그는 아직 어리고 우리 부족을 위해 아무런 공적도 세운 것이 없습니다. 지금의 현실을 볼 때 크로노스 대장군만이 자격을 갖춘 유일한 분이십니다. 저는 이 자리에서 대장군님을 족장으로 옹립할 것을 감히 주장합니다."

크로노스의 최측근인 히페리온이 좌중을 둘러보며 연설하였다. 참석자들이 모두 환호하며 박수를 치는 모습을 지켜보던 크로노스의 딸 레아는 회심의 미소를 지었다. 그렇지만 정작 좌중의 환호에도 크로노스는 어두운 얼굴로 가만히 앉아 침묵만 이어가고 있었다.

'최대한 추대를 사양하며, 겸손한 모습을 보여야 한다. 저들의 마음은 갈대와 같다. 신중하게 처신하지 않으면 자칫 모든 것을 잃는다.'

"아툼 족장의 아들 아스트라하시스님이 아직 건재하시고, 그에게 아무 허물도 없는데, 누가 감히 족장의 자리를 욕심낼 수 있다는 말인가. 여러분이 원하는 바가 우리 선족의 번영을 바라는 마음임을 잘 안다. 하지만 지금은 내분을 일으킬 때가 아니다. 이 일은 여건이 조성된 뒤에 다시 생각하는 것이 현명할 것이다."

크로노스의 말에 좌중은 조용해졌다. 그렇지만 모두는 그의 말이 거절이 아님을 알았다. 아스트라하시스가 살아 있으면 내분이 발생하니, 지금은 때가 아니라는 말이고, 그가 없어야 때가 된다는 뜻이었다.

레아는 히페리온과 마주 앉았다. 그녀는 달 이주를 위해 비행하던 비행선 안에서 태어났다. 20년간의 긴 비행 기간 중에 태어나 그 비행선 안에서 자란 많은 아이들 중 하나였다. 그녀가 자라며 본 바로는 선족을 이끄는 지도자는 아버지가 유일했다. 그녀에게는 그녀의 아버지가 자랑스러운 족장이었다. 비록 그녀가 아트라하시스를 마음에 두고 있지만 이것은 정치적인 것이므로 별개였다. 자신이 그와 결혼한다면 결국은 그가 아버지의 뒤를 이어 족장이 될 것이다. 그녀가 히페리온 장군과 독대를 하는 이유였다.

"장군님! 저는 아트라하시스님을 해치려는 어떤 시도도 동의하지 않습니다."

"네가 무엇 때문에 그를 감싸느냐. 그가 네게 특별한 거냐."

"그가 제 마음에 어떤 존재인지는 중요하지 않습니다. 많은 선족들의 마음속에 그가 어떤 존재로 있는지가 중요합니다. 그는 아직 아툼 족장의 외아들로 기억되고 있습니다."

"그렇지만 이제는 크로노스님도 우리 부족의 마음속에 지도자로서 자리를 잡았다."

"그래서 문제입니다. 겨우 삼만에 불과한 부족이 둘로 나뉘어 다투게 된다면, 이는 곧 부족의 멸망을 의미합니다."

"그런 사태를 방지하기 위해 일을 도모하려는 것이다."

"너무 큰 모험입니다. 단 한 번에 그를 제거한다고 해도 후유증이 엄청날 것을 잘 아시지 않습니까. 만약 실패를 하게 되면요. 욕속부달이라고 했습니다. 아직 그의 힘은 미약합니다. 조금만 더 때를 기다리시는 것을 간청드립니다. 더구나 지구에서 영을 수확하는 작업에 무엇인가 걸림돌이 생겼다면서요. 아직은 선족이 힘을 합쳐야 할 시기라고 생각됩니다."

"크로노스님이 네게 말씀을 하신 게로구나. 네 말이 맞다. 다른 생명체의 영을 거두는 일은 수월한데, 상급의 영을 거두는 일에 무엇인가 저항이 있다. 상급의 영들이 어디론가 사라진다. 나는 그 정체를 알아내느라 고민 중이다."

"상급 이상의 영을 식량으로 얻어야 우리 부족의 숫자가 빠르게 늘어나고, 세력이 강해질 텐데 무척 아쉽네요."

"내가 빠른 시간 내에 밝혀내고 말 테니 너무 염려하지 마라. 네 조언대로 아트라하시스는 내가 조금 더 시간을 두고 생각을 해 보겠다. 그렇지만 크로노스님은 그리 오래 기다리시지 않을 것이다."

"장군님이 그렇게 생각해 주셔서 감사합니다. 아버지께는 제가 잘 말씀드려 보겠습니다."

크로노스는 달의 기지에 이주한 뒤부터 깊은 고민이 생겼다. 정체를 알 수 없는 것들로부터 도전에 직면했다. 10년이 넘는 기간 동안 정체를 파악하려고 노력했지만, 노출되지 않는 숨은 존재! 시간이 흐를수록 그의 긴장감은 더 심해졌다.

"히페리온, 우리가 지구에서 영양이 풍부한 상급 영을 언제쯤 풍족하게 얻을 수 있을까?"

"죄송합니다, 대장군. 아직도 방해하고 있는 존재의 실체를 파악하지 못하고 있습니다."

"매우 안타깝고 위험한 일이다. 아직까지 실체조차 파악하지 못하는 위협 요인이 있다는 것은, 자칫 우리 부족이 심각한 위기에 처할 수도 있다는 의미다. 우리의 잠재적인 적으로 간주하고 최우선 과제로 삼도록 해라."

"조속히 실체를 파악할 수 있도록 더 노력하겠습니다."

"트리톤 장군의 동태는 어떤가."

"여전히 아트라하시스와 밀착되어 있고, 그 일당들과 여전하게 자주 모입니다."

"조만간 대책을 세워야 한다. 계속 잘 주시하도록 해."

잠재적인 적 둘을 앞에 둔 그는 영 마음이 편치 않았다.

'둘 중 하나라도 빨리 해결해야 위험에 빠지지 않는다.'

정체를 알지 못하는 쪽을 먼저 대비해야 한다는 것을 그는 잘 알았다.

'아직 아트라하시스는 상대적으로 여유가 있다. 문제는 지구에 있는 정체가 드러나지 않은 상대다. 하등 동물이 사는 저곳에 대체 무엇이 있는 것인가.'

지도부가 가지고 있는 갈등과 고민과는 달리 선족의 달 기지는 점점 번성하며 활동 영역을 확장하고 있었다. 일반 생명체는 생존이 불가능한 지역임에도 선족에게는 그래서 오히려 안전했다. 수시로 떨어지는 운석들도 기지 내에서는 염려가 되지 않았다. 밤과 낮의 극심한 온도 차이와 희박한 공기로 인한 기압 차이들은 선족의 과학 기술로 손쉽게 해결되는 가벼운 자연 조건이었다. 부족원들은 기지를 점점 확장하며 풍요를 누리고 있었다. 그만큼 지구의 생명체는 풍부했고, 그 생명체들은 끊임없이 세대를 교체하며 선족의 식량을 생산해 내고 있었다.

그 영향으로 달의 선족에게는 사람의 상급 영이 긴급하지 않았다. 다만 선족이 점점 번성해 가므로 조만간 해결해야 할 숙제와 같은 일이었다.

"히페리온, 부족의 거주 지역을 확장해야 할 시기가 된 것 같다. 기존의 스타치오텐호에서 즈뉘지구와 허구지구, 텐진지구로 나누어 주변 지역에 기지를 건설하고, 주거 지역을 나눈다."

"대장군님의 옳으신 판단입니다. 우선적인 과제로 기지 확장 작업을 시행하겠습니다."

"그렇게 해라. 다만, 트리톤 장군에 대한 동향 파악을 지속적으로 하고, 지구에도 정찰조를 보내서 정체를 파악하는 일도 게을리해서는 안 된다."

한정된 조직으로 세 가지 일을 해내기가 벅차겠지만, 어느 한 가지도 소홀할 수가 없었다. 크로노스는 하는 수 없이 딸 레아를 불렀다.

"히페리온 장군이 지금 일이 많아서 아트라하시스의 동향을 파악하는 일에 소홀할까 염려스럽다. 네가 그들 일당의 동향을 감시해라."

"염려 마세요, 아버지."

레아는 신이 났다. 아무 거리낌 없이 그의 주변을 맴돌아도 되었기 때문이다. 선족의 과학 기술이 비행선으로 워프 항법을 이용하는 수준이라 하더라도 비행선의 크기는 제한적일 수밖에 없었다. 이주 기간 동안에 넓지 않은 비행선에서 태어난 그녀가 15년 이상을 본 세상은 비행선 내부가 전부였다. 수십 대의 비행선 중에 VIP급들이 승선한 대장선에서 만난 동무는 트리톤 장군의 딸인 테티스와 오빠 아트라하시스뿐이었다. 그녀의 마음에 그가 자리를 잡은 것은 어쩌면 당연한 일일 것이다. 친구 테티스도 그를 좋아하는 것 같은 눈치였지만 그녀는 개의치 않았다.

'오빠가 생각이 있다면 당연히 나에게 올 거야.'

다른 또래들과 다르게 셋은 자주 얼굴을 대하다 보니 매우 가까웠다.

"이거 아버지가 새로 개발한 보호복이야. 어때?"
테티스가 형태가 새로운 복장을 입고 나왔다.
"새롭고 가벼워 보여. 트리톤 장군님은 능력이 많으셔."
"대장군님이 더 대단하시지. 우리 부족들이 이제는 고향 행성 쿠트나호라를 기억하지 않을 만큼 이 기지를 평화롭고 풍족하게 다스리시잖아."
동생들의 말을 대견하게 듣고 있던 아트라하시스가 말했다.
"두 분 장군님들 모두 존경스러워. 대장군님은 뛰어나게 통치를 하시고, 장군님은 부족이 풍요롭도록 과학을 발전시키셔서 우리 부족을 행복하게 해 주시잖아."
그의 말에 두 사람은 깊은 공감을 보냈다. 어린 그들에게는 정치적인 이해타산에 깊이 물들지 않은 순수함이 아직은 남아 있었다.

트리톤의 노력에 힘입어 아트라하시스를 족장으로 옹립하고자 하는 지지자들이 늘어났고 결속력과 충성도가 높아졌다.
'이제는 모여서 의견을 교환하는 단계에서 벗어날 때가 되었다. 크로노스가 기지를 확장하며 지구의 문제로 고민하고 있는 이때가 조직화를 서두를 때다.'
그는 아툼 족장의 은혜를 한시도 잊지 않았다.
'그분은 진정 선족의 족장이셨다. 자신과 가족이 쿠트나호라를 탈출하실 수 있었음에도 수많은 부족민들과 함께 순국하셨다. 그리고 우리 가족을 구하셨다. 내가 살고 있는 이유는 그분의 유일한 혈육인 아트라하시스님이 족장이 되시는 것을 보는 것이다. 그 목적을 달성하지 못한다면 나는 죽을 자유도 없다.'

"크로노스 대장군이 이곳 달 기지를 이끌면서 족장으로의 야욕을 점점 노골화해 가고 있습니다. 이제 그는 스스로 족장이 되려는 것입니다. 그러나 우리 선족에는 아툼 족장의 장자이자 유일한 혈육인 아트라하시스님이 계십니다. 비록 그분이 아직 오십이 되지는 않았지만, 지금같이 족장 자리가 비어 있는 비상시국에서는 나이가 걸림돌이 되지 않는다고 생각합니다. 그럼에도 크로노스는 그분을 족장으로 추대하지 않고 시간을 끌고만 있습니다. 빠른 시간 내에 우리는 그분을 족장으로 옹립하여 선족들이 구심점을 중심으로 안정을 찾고, 새로운 족장님을 중심으로 이곳에서 선족의 무궁한 번영을 이루어야 합니다."

"장군의 말이 맞습니다. 족장의 직계 혈족이 있는데 다른 사람이 족장의 자리를 넘보는 것은 반역입니다. 만약에 크로노스대장군이 족장이 된다 해도 그것은 나쁜 선례를 남기는 것입니다. 이는 우리 부족에게는 두고두고 화근이 되는 일이며, 급기야 후대에 내분이 일어나는 비극적인 사태조차 염려되는 일입니다."

"바로 그것입니다. 우리가 시간을 끌수록 크로노스에게 발각당할 염려가 있습니다. 여기에 자리를 같이한 분들의 의견이 모두 같으므로, 이 자리에서 조직을 정비하고 목표를 분명히 하는 결단식을 합시다. 조직의 명칭은 '친위대'로 하겠습니다. 이 자리에 있는 대장급 30명은 선족의 정통성 확보를 위한 친위대원입니다."

모두는 우렁찬 박수로 결의를 다졌다.

히페리온이 급히 크로노스를 찾았다.

"대장군, 트리톤 장군 관련하여 시급하게 동향을 보고하고자 찾아뵙니다."

늦은 시간에 찾아온 부하를 보며, 그는 심각한 사태를 예감했다.

"조금 전에 트리톤 장군이 일당들과 다시 회합을 가졌습니다. 그리고 이번에는 조직 정비와 강령 채택까지 하였답니다."

"강령이라는 것이 무엇인지 짐작이 가는군."

"예, 짐작하시는 대로입니다. 조만간 행동으로 나서려는 움직임으로 보입니다."

"이렇게 중요한 시기에 자신들의 잇속이나 챙기려 들다니. 밤이 늦었으니 내일 더 이야기하기로 하자. 수고 많았다."

히페리온이 돌아간 뒤, 그는 생각에 잠겼다. 그리고 자신에게 질문을 던졌다.

'나는 나에게 기회가 왔다고 여기는 순간이 되면 어떤 선택을 할 것인가.'

지금의 기회가 충성심을 보여야 할 시기인지, 시대적인 소명으로 여겨야 할 시기인지 판단하는 데는 오랜 고민이 필요하지 않았다. 자신에게는 부족의 앞날을 책임질 자신감이 있고, 야망도 있음을 잘 안다. 다만, 자신에게는 명분이 필요했다. 아툼 족장이 왜 그의 심복인 트리톤 장군을 비행선에 승선시켰는지를 그는 잘 알고 있었다. 그도 자신의 야망을 눈치채고 있기에 아들을 보호하고자 안배를 한 것이다. 그 트리톤 장군이 자신에게 명분을 주고 있다고 부하 장수가 지금 보고를 한 것이다.

다음 날 아침, 그는 히페리온 장군에게 지시를 내렸다.

"무슨 방법을 동원하든 트리톤 장군 일당이 만들었다는 행동 강령을 입수해라."

그들이 작성한 행동 강령은 어렵지 않게 입수되었다. 강령은 트리톤과 아트라하시스를 제거할 충분한 이유를 말하고 있었다.

'부족의 단합과 발전을 저해하려는 불순한 목적을 가지고 조직을 결성하고 실행을 시도한 죄.'

이제 얻은 패를 언제, 어떻게 사용할 것인가만 남았다. 그는 서두르지 않았다.

'저들은 시간이 지날수록 자신들이 불리해진다는 것을 잘 알 것이다. 이제 성급함이 그들을 부추겨 곧 때가 무르익게 된다.'

트리톤은 조급함이 실패를 불러올 수 있음을 잘 아는 지장이었다. 그렇지만 마음은 자꾸 그를 재촉했다. 자신은 이루어 놓은 것이 없는데 크로노스의 위세는 시간이 흐를수록 견고해지고 있어 조바심이 일었다.

'신중해야 한다. 내가 일을 그르치면 이는 곧 아트라하시스님의 신변이 위험해지는 것과 같다.'

불안한 마음을 달래기 위해 그는 비밀 무기를 개발하는 데 몰두했.

"유사시 우리는 크로노스에 비해 수적 열세에 몰릴 것입니다. 이를 극복하기 위해서 저는 지금부터 선족을 공격할 수 있는 무기를 개발하겠습니다."

"그동안 우리 부족에게는 무기가 필요하지 않았습니다. 영을 채집하는 기구와 스펙트럼만 있으면 더 이상의 장비를 사용할 일이 없었는데, 이제 우리 부족에게도 서로를 다치게 할 일이 생긴다는 뜻이군요."

트리톤이 딸 테티스와 아트라하시스에게 비장하게 앞으로 닥치게 될 일을 말하자, 족장의 아들답게 아트라하시스는 부족을 먼저 염려하였다.

"안타깝지만 제 손으로 그런 준비를 해야 하게 되었습니다. 부족에게는 매우 불행한 일이지만, 크로노스가 야욕을 버리지 않을 것이 너무 확실해서 우리가 대비하지 않으면 족장님의 유지를 받들 수 없을 것입니다."

트리톤이 고통스런 얼굴로 말했다. 테티스가 그의 말에 동조했다.

"예, 아빠. 무기가 필요할 것이라는 말씀에 저도 동감이에요. 오빠, 무기는 사용하는 자의 마음에 따라 흉기가 되기도 하고, 보호 도구가 되기도 해요. 우리가 이 대결을 승리하고 무기를 다시 없애 버리면 우리 부족에게 더 이상 해악이 되지 않을 테니 너무 염려 말아요."

"일단 장군님이 무기를 만드시면 버리는 것은 쉽지 않을 것입니다. 우리 부족에게 무기가 필요 없도록 하려면, 반드시 승리를 해야만 합니다."

"비밀 유지가 가장 중요합니다. 무기를 개발한 뒤에도 우리가 모두 무장할 수량을 확보하려면 시간이 필요합니다."

그렇지만 트리톤 장군의 동태는 이미 히페리온에게 보고되고 있었다. 다만, 아직 아무 물증이 없어서 크로노스에게 보고를 미루고, 모르는 체 관망을 하고 있을 뿐이었다.

스타치오텐허를 중심으로 한 외곽의 즈뉘, 허구, 텐진 지구에 기지 확장 공사가 마무리되어 가는 시점에 트리톤의 무기도 양산이 가능할 만큼 무기 개발이 완료되었다. 트리톤의 동향을 감시하던 히페리온은 그들의 비밀 아지트에 대량의 물자가 반입되는 것을 파악했다.

'무기 개발이 끝났구나. 무기가 만들어지면 우리 쪽의 피해가 클 수 있다. 크로노스님께 보고할 시점이다.'

"역시 트리톤이다. 세력의 열세를 무기로 만회하려는 작전이었구나. 그의 두뇌는 역시 천재적이다. 덕분에 우리도 무기를 얻게 되었군."

"대장군, 명령만 내리시면 즉시 트리톤 일당을 잡아들이고 무기도 확보하겠습니다."

"아니다. 서두를 것 없다. 저들이 우리를 위해 무기를 만들어주고 있지 않은가. 많이 만들도록 기회를 주어야지!"

크로노스는 만족스럽게 웃었다. 생각하시도 않은 무기를 얻고, 그를 빌미로 아트라하시스도 제거할 수 있게 되었기 때문이다.

이런 사실을 알지 못하는 트리톤은 무기 만들기에 열중하였다.

"이 무기의 이름을 '바리사다'로 지었습니다. 우리 부족에게 사용하는 무기여서 너무 과하지 않은 살상력에 중점을 두었습니다."

"장군님께서 큰일을 해내셨습니다. 이제 일전을 벌일 날이 머지않았군요."

"아직은 이릅니다. 무기가 목표 수량의 절반밖에 안 됩니다. 그리고 모두가 무기 사용법도 숙지해야 합니다. 먼저 테티스와 아트라하시스님이 익혀야 합니다."

"알겠습니다. 최선을 다하겠습니다."

테티스와 아트라하시스는 바리사다의 사용법을 익히기 시작했다. 그리고 무기가 완성되는 대로 회합에 참여했던 친위대원들에게도 차례로 바리사다를 지급하여 사용법을 숙지하도록 했다. 바리사다를 친위대 모두에게 지급하지 못했지만 어느 정도 무기에 대해 익숙해졌다는 생각에 트리톤은 기지 외곽의 비밀 장소로 친위대를 집결하였다.

"이곳에서 바리사다의 성능을 검증하고, 무기를 지급받지 못한 대원들도 손에 익혀볼 기회를 가지고자 합니다."

친위대원들이 무기를 시연해 보고 성능에 만족스러워했다. 그러나 한

순간, 질서정연하게 무기 시연과 체험이 진행되던 중 친위대는 갑자기 수천의 부족원들에게 둘러싸였다. 트리톤과 친위대 일행이 당황하고 있을 때, 세 명이 그들 중에서 앞으로 나섰다. 크로노스와 히페리온과 레아였다. 크로노스의 눈빛은 자신만만하였고, 히페리온의 눈빛은 득의양양하였으며, 레아의 눈빛은 안타깝고 슬펐다.

'오빠와의 인연을 이제 돌이키기 어렵겠구나.'

트리톤은 일이 실패했음을 알았다. 조금 더 신중하고 조심했어야 했다. 후회한들 이미 엎질러진 물이었다.

"트리톤 장군, 당신이 아트라하시스님을 궁지로 몰아넣었소. 죽어서 어떻게 아툼 족장님을 뵙는단 말이오."

히페리온의 말은 차라리 조롱이었다.

"크로노스 대장군, 포위망을 푸시오. 우리는 부족의 미래를 위해 무기를 개발했고, 이 자리는 무기의 성능을 실험하기 위해 모인 것이었소."

트리톤의 변명에 크로노스는 말했다.

"아툼의 아들 아트라하시스와 당신이 만든 친위대를 보호하기 위해, 우리 부족을 향해 사용하려던 무기라고 솔직하게 말하시오. 당신은 우리 부족을 해치는 무기를 만들었으니, 부족의 이름으로 당신을 심판할 것이오."

그들이 설전을 벌이는 동안 테티스가 아트라하시스에게 말했다.

"오빠, 우리가 바리사다로 저들을 막아 퇴로를 확보할게. 오빠만이라도 여기에서 빠져나가. 그래야 우리가 후일을 기약할 수 있어."

"나 혼자 빠져나간들 그것은 죽은 목숨과 다름이 없다. 나는 동지들과 함께하겠어. 크로노스가 나를 죽이지는 못할 거야."

"다른 이에게 자신의 목숨과 부족의 앞날을 맡긴다고? 그렇게 무책임한 말이 어디 있어. 아빠와 우리 친위대가 왜 여기에 있는데! 시간이 없어."

"맞는 말입니다. 저희가 퇴로를 열겠습니다. 바리사다가 있으니 조금은 버틸 수 있습니다. 테티스님도 트리톤님과 같이 피하세요. 아트라하시스님 혼자는 위험합니다."

"알겠어요. 친위대 중에 탈출한 분들이 있다면 아폴로분화구로 오도록 하세요. 미안합니다. 부디 살아서 만나기를 바랍니다."

"9시 방향이 험한 지형입니다. 친위대 모두 그곳으로 화력을 집중해서 포위망을 뚫고 탈출한 뒤, 크로노스가 추격하지 못하도록 막는 동안 우리가 탈출합니다."

"부디 모두가 아폴로분화구에서 만날 수 있도록 조심하세요."

바리사다는 충분한 위력을 보였다. 최상위 포식자였던 선족에게는 그동안 이렇다 할 무기가 사실상 필요하지 않았다. 과거에 쿠트나호라에 살던 다른 생명체는 선족에게 어떠한 위협도 되지 못했다. 그런 까닭에 만약 무기가 있다면 그 사용 대상은 유일하게 선족이 대상이라는 의미이므로, 무기가 있어서는 더욱 안 될 일이었다.

부족에게 처음 사용되는 발사체 무기였기에 그 위력만으로도 포위했던 크로노스 일당은 쉽게 퇴로를 허락했다. 그러나 완전하게 탈출하기는 중과부적이었다. 친위대 중 일부는 잡히고 일부는 탈출했다. 그 과정에서 상당수의 바리사다가 크로노스의 수중으로 들어갔다. 다행히 그들이 무기를 얻었지만 사용법을 알지 못하는 덕에 탈출에 성공한 일부는 목숨을 건졌다.

그렇지만 아폴로분화구는 수천 킬로의 거리였다. 탈출하여 건진 목숨이었지만, 그 목숨을 보전하여 아폴로분화구에 도착하기는 차라리 죽고 싶다는 마음이 들 만큼 고통스러웠다.

필사의 탈출이었기에 각자는 다른 이들을 챙길 여유가 없었다. 약속된 아폴로분화구에 먼저 도착한 트리톤은 이따금씩 도착하는 동지들을 반가이 맞이하고 있었다.

"탈출하는 중에 아트라하시스님을 보지 못했나."

안타까운 마음으로 도착하는 동지들에게 묻고 있는 그는 시간이 흘러감에 따라 마음이 점점 어두워졌다. 딸 테티스도 아직 도착하지 못하고 있었다.

'어쩌면 둘이 같이 탈출하고 있는지도 모른다.'

스스로를 위로하며 희망을 버리지 않고 그는 대원들과 휴식을 취하며 기다렸다.

"장군님! 테티스가 무사히 도착했습니다. 다행히 건강합니다."

"그 애가 혼자였느냐?"

"예. 혹시 아트라하시스님을 보지 못했는지 저희도 물었지만, 오히려 이곳에 아직 오지 않았느냐 반문하며 울먹였습니다."

아폴로분화구에 도착한 숫자는 불과 300에도 미치지 못했다.

"우리 동지들의 피해가 너무 크구나. 더구나 우리는 아직 아트라하시스님의 생사 여부도 모른다. 그분을 잃는다면 우리가 이곳에 있는 의미도 없고, 우리 친위대 동지들의 죽음도 빛을 잃는다. 모두 그분의 행방부터 찾는다."

"아버지, 혹시 오빠가 크로노스 대장군의 포로가 되신 것은 아닐까요?"

딸의 말에 트리톤은 고개를 저었다.

"만약 그가 아트라하시스님의 신변을 확보했다면 끝까지 우리를 추격하지 않았을 것이다. 그분이 잡혀 있으면 우리들이 저항하지 못한다는 것을 잘 알 테니."

"그렇다고 여기서 무작정 기다리고 있을 수는 없어요. 제가 길을 되짚어 가면서 오빠의 행적을 찾아보겠습니다."

"너무 위험한 일이다."

"아버지는 이곳을 안정시켜야 해요. 이곳에서 터전을 잡고 살아 있어야 오빠를 찾는 것도 의미가 있잖아요."

테티스의 말이 옳았다. 생존한 대원들과 이곳에서 살아남아 있어야 훗날을 기약할 수 있는 일이었다. 트리톤은 대원들을 다독이며 급한 대로 임시 거처를 만들고 진지를 보강하며 무기를 보완하는 등 장기전을 준비하였다.

아트라하시스는 지구에 있었다. 탈출하며 부상당한 몸이 회복되었지만, 아폴로분화구로 돌아갈 수 없었다. 히페리온 일당이 자신을 잡으려고 지구의 곳곳에서 수색을 멈추지 않고 있었다. 그는 크로노스에게 쫓기다가 엉겁결에 비행선을 타고 도망을 쳤고, 추격당하는 와중에 공격을 당해 기체가 일부 손상을 당했다. 그는 다급한 나머지 단발 비행선에 탄 것이었다. 히페리온의 쌍발 비행선을 당해낼 수가 없었다. 거기에 부상마저 당한 몸으로 지구까지 쫓기다가 이제야 겨우 포위망을 벗어난 것이다.

'그나마 의미 있는 일이라면 암컷 사람을 구한 것일까!'

그는 지구에서 탈출하지 못하며 숨어 지내는 동안, 이곳을 관찰하기로 했다. 비행선의 부서진 곳도 수리할 겸, 조금 마음의 여유를 가지는 기회로 삼았다. 아직 히페리온이 추적을 포기하지 않았을 터였지만, 숨어서 은밀하게 행동하는 자신을 찾아내기는 쉽지 않을 것이었다.

시간이 흐르면서 그는 이곳의 생물들도 쿠트나호라의 생물들의 일상과 크게 다르지 않음을 알았다. 지구상에서 지금의 최상위 포식자인 사람의 모습이 인상적이었다.

'우리가 고향에서 최상위 포식자였듯이 이곳은 사람이 그 위치를 점유하고 있다. 이곳의 사람들도 자신들의 존재 가치를 잘 파악하고, 다른 생명체의 존재를 존중하고 잘 이끌어 나간다면 우리 선족처럼 오랜 시간 후에는 모두가 영적인 존재로 진화할 것이다.'

그는 '사람'이라는 지구의 생명체에 흥미와 기대가 생겼다. 어쩌면 동굴에서 만난 암컷 사람 때문이었을지도 모르는 일이었다.

"대장군! 아트라하시스를 지구까지 추격했지만, 사로잡거나 제거하는 데 실패했습니다. 그렇지만 아직 포기하지 않고 그곳에 추격조를 남겨두었습니다."

"히페리온, 이번에 너의 공이 컸다. 굳이 그를 죽일 필요는 없다. 이 정도면 훌륭하다고 생각한다. 수고 많았다."

"감사합니다. 이제 대장군님의 앞을 가로막는 것들이 모두 제거되었습니다. 감히 대장군님께서 족장에 오르시기를 권면 드립니다."

"알았다. 조금 더 분위기를 살피기로 하자. 장군에게 지시할 것이 있다."

"하명하여 주십시오."

"트리톤이 만든 무기 바리사다가 우리 수중에 들어왔다. 이 무기를 만들어 내고, 우리 병력들이 숙달하여 무장할 수 있도록 만들어라."

"명을 받들겠습니다. 아폴로분화구로 도망친 잔당들은 어떻게 처리할까요."

"너무 잔인하게 처리하면 이곳의 우리 부족들에게 부정적인 인상을 남기게 된다. 장군 생각에는 저들이 우리에게 위협이 될 거라 생각하는가."

"잔당들의 숫자가 오백도 되지 않습니다. 그리고 아트라하시스가 그곳에 있지도 않습니다. 위협이 되지 않는다는 판단입니다."

"내 생각도 그렇다. 이쯤에서 마무리 짓는다. 우리는 이제 선족의 거주지를 확장하고, 부족민의 숫자를 늘려나가 부족을 안정시키는 데 집중하기로 하자. 이렇게 하면 다른 것들은 자연스럽게 이루어질 것으로 생각한다."

아트라하시스는 트리톤 장군과 테티스 등의 동지들 안부가 걱정스러웠다. 벌써 한 달이 넘도록 연락을 못 했기에 걱정을 많이 하고 있을 것 같았다. 부서진 비행선 수리가 마무리되어서 지금은 연락을 취해 볼 수는 있지만, 도망치기에 바빴던 트리톤 장군이 수신 장비를 가지고 있지 않을 가능성이 컸고, 더구나 크로노스에게 감청이 되기라도 하면 위험해질 것이기에 조심스러웠다.

지구를 관찰하는 것에 재미를 느낀 아트라하시스가 느지막이 비행선에 돌아왔다. 그는 무심코 통신 장비 앞을 지나던 중 미확인 수신 신호가 도착되었음을 발견했다. 그리 오래되지 않은 신호였다. 혹시 자신을 추격하는 히페리온의 부하가 유인하려고 보낸 신호일 가능성에 그는 바짝 긴장했다.

'확인을 해야 하나, 하지 말아야 하나.'

확신이 서지 않았다.

'혹시라도 트리톤 장군이 통신 장비를 확보했을까?'

확신이 서지 않은 그는 확인을 하지 않기로 했다. 아침이 되어 그는 지난밤에 신호가 다시 수신되었음을 확인했다. 갈등이 크게 일었다. 고민 끝에 그는 신호를 받기로 마음먹었다.

'통신 장비를 비행선에서 분리시킨 다음, 멀리 이동해서 확인하자. 그러면 만약에 추격을 당하더라도 피할 시간을 벌 수 있을 것이다.'

서너 시간이 지난 뒤, 다시 수신음이 울렸다.

"수신하시는 분이 혹시 아트라하시스님이십니까?"

낯선 음성에 그는 주저했다.

"나는 쿠트나호라에서 오고 있는 중입니다. 아트라하시스님과 연락할 수 있습니까?"

상대방이 쿠트나호라를 말하는 순간, 그는 경계심이 사라졌다.

"내가 아트라하시스입니다. 쿠트나호라라니요. 그곳은 수십 년 전에 붕괴됐는데, 어떻게 그곳에서 오고 있다는 말입니까."

"저는 아툼 족장님의 명으로 그곳을 탈출한 트리톤 장군의 부관이었던 토마스입니다."

"아, 부관님! 이야기를 들었습니다. 이렇게 통화를 하게 되다니, 무척 기쁘고 반갑습니다."

"저희는 달 기지에 3일 후에 도착합니다. 지금 어디에 계십니까? 어디에 착륙할까요."

"정말입니까. 이렇게 고마울 수가 있을까요. 트리톤 장군은 지금 아마도 아폴로분화구에 계실 것입니다. 사정이 있어서 연락을 받으시기는 어려울 것입니다. 부관님, 제가 지금 즉시 아폴로분화구로 이동하겠습니다. 지금 이 채널로 연락하면 되는 거죠?"

"예, 저희는 부족원 약 삼만 정도가 탑승한 편대입니다."

아트라하시스는 깜짝 놀랐다.

"그렇게 많은 부족이 오시다니요. 이 통신 주파수가 보안이 되고 있습니까?"

"예, 통신 보안 완벽합니다."

"알겠습니다. 3일 후에 뵙겠습니다."

아트라하시스는 뛰는 가슴을 진정하기 어려웠다.

'우리 부족 삼만이라니! 엄청난 일이 일어났다. 이제 우리는 크로노스와 맞설 수 있다. 그에게 더 이상 쫓기지 않아도 된다.'

그는 이제 아무것도 두렵지 않았다. 그는 즉시 비행선을 발진시켰다. 심우주를 항해할 만큼 큰 쌍발 비행선은 아니었지만 달까지 하루가 걸리지 않는 성능이었다.

"장군님! 비행선입니다."

"모두 대피하라. 히페리온 일당이다."

한 달여의 짧은 시간이었지만, 트리톤은 살아남은 대원들을 모두 무장시키고 훈련에 열중했다. 적은 병력의 한계를 무기와 체계적인 방어로 대응해야 했기 때문이다. 아트라하시스를 찾겠다고 혼자 떠났던 테티스도 이미 돌아와서 합류해 힘을 보태고 있었다.

"장군! 비행선이 착륙했습니다. 그런데 우리를 위협할 만한 비행선이 아닙니다."

경계를 서던 대원의 말에 트리톤이 비행선을 살피러 나갔다.

"단발 비행선이다."

그와 동시에 그의 입에서는 기쁨을 가누지 못하는 목소리가 함성으로 튀어나왔다.

"아니, 아트라하시스님이 아니십니까!"

그의 말에 모든 대원들은 펄쩍 뛰어나갔다.

"무사하셨군요!"

"오빠, 무사해서 정말 고마워요."

테티스가 눈물이 가득한 눈에 웃음을 머금고 말했다. 동료들과 잠시 회포를 푼 뒤, 그는 그동안 히페리온에게 쫓겨 지구에서 지낸 일들을 말했다.

"트리톤 장군님! 기쁜 소식이 있습니다."

"아트라하시스님이 무사하신 것보다 더 큰 희소식이 무엇이 있을까요."

"토마스 부관이 이리로 오고 있습니다."

트리톤은 고개를 흔들었다. 그것은 불가능한 일이었다. 이미 수십 년 전에 붕괴된 쿠트나호라에 있던 그가 어떻게 달에 오고 있다는 말인가.

"장군께서 믿지 못하시는군요."

"그 말씀을 어떻게 믿겠습니까."

"사실은 저도 아직 어떻게 그것이 가능한지 믿기지 않습니다. 다만, 그에게서 통신이 도착했고, 제가 통화를 했다는 것입니다. 함대가 소행성 충돌 직전 탈출에 성공을 했고, 우리 부족 삼만이 이제 이틀 후면 여기 아폴로분화구에 도착합니다."

"더 불가능한 말씀만 하십니다. 그렇지만 아트라하시스님이 하시는 말씀이니 믿겠습니다. 기다리겠습니다."

한없이 길게 느껴지는 이틀이 지났다.
그동안 트리톤은 부관과 통신을 주고받았다. 그리고 믿기지 않는 일이 현실로 나타나고 있음을 알았다. 드디어 초대형 비행선 수십 대가 아폴로분화구를 뒤덮다시피 나타났다. 아폴로분화구에 환호성이 넘쳤다.
"아트라하시스님 만세, 트리톤 장군님 만세!"
이곳으로 도망쳐 와 갖은 고생을 한 대원들은 감격의 눈물을 흘렸다.
그러는 사이에 함대가 달 표면에 착륙했다.
"장군님을 뵙습니다."
토마스 부관이 한달음에 달려와 트리톤의 앞에 무릎을 꿇었다. 둘은 재회의 기쁨에 눈물범벅이 되었다.
몇 시간 동안이나 흥분에 들떠 있던 분위기가 점차 진정이 되었다.
밖에서는 아직도 떠들썩했지만, 막사 안에 모여 앉은 지휘부에는 차분함이 감돌았다.
"자, 이제 어찌된 영문인지 말을 해주게."
트리톤이 부관에게 물었다.
"예, 장군님. 저희가 이곳에 올 수 있었던 것은 아툼 족장님의 용단이 있었기 때문입니다. 당시 워프 항법이 가능한 비행선을 총동원해서 아트라하시스님과 크로노스 대장군 일행이 출발하셨지 않습니까. 그 후에 족장님께서 저를 부르셨습니다."
"지금 이곳에 온 함대는 워프 항법이 불가능한 낡은 함선들이잖은가."
"그렇습니다. 그래서 수십 년의 시간이 더 걸린 것입니다. 족장님은 여기서 허망하게 죽음을 맞이하는 것보다, 낡은 비행선이지만 탈출을 시도해 보는 것이 낫다고 하시며, 가다가 죽을지도 모르지만 도전을 해보라고 하셨습니다. 물론 소행성이 충돌한다고 해도, 쿠트나호라가 멸망하지 않을 수도 있지만, 그 가능성보다는 낡은 비행선으로라도 탈출을 하는 것이 살 확률이 높다고 결단을 내린 부족원들이 자원을 했고, 그들이 지금에야 달에 온 것입니다."

"이 일을 크로노스는 알지 못하고 있는 것인가."

"아툼 족장님은 무슨 어려움이 있더라도 아트라하시스님과 먼저 연락을 한 뒤에 착륙하라는 엄명을 내리셨습니다. 그래서 통신 보안을 각별하게 유지했습니다."

"족장님은 우리가 처한 상황이 벌어질 것을 미리 예견하신 것이다. 정말 우리는 위대한 지도자를 모셨던 것이다."

모두는 숙연해졌다.

"이제 우리는 아트라하시스님을 족장으로 추대하고 새로운 시대를 이곳에 이룩하자. 이것이 아툼 족장님이 쿠트나호라에서 산화하시며 우리들을 살리시고 살아남은 우리들에게 남기신 간곡하고 엄중한 명령이자 유지다."

트리톤의 말에 모두는 환호성으로 답했다.

"대장군님! 이상한 현상이 관측되었습니다."

크로노스를 찾은 히페리온이 보고를 했다.

"무슨 일이 있었는가."

"우리의 관측 장비에 비행선 함대 수십 척이 아폴로분화구 근처로 향한 것이 잡혔답니다."

크로노스가 이마를 잔뜩 찌푸렸다.

"무슨 황당한 말인가. 지구의 생명체가 가진 과학 기술은 우주 함대를 만드는 데 턱없이 미개하고, 이 은하계에 우리 부족이 유일했었다.

그 유일한 부족이 멸망하고 우리만 남았는데 히페리온 장군은 그 보고가 말이 된다고 보는가."

"지당하신 말씀입니다. 제가 충분히 확인하고 보고드리겠습니다."

그는 자신의 의중을 파악하지 못하는 부하가 답답했다. 크로노스는 시급한 현안이 거의 정리된 지금이 자신이 족장으로 옹립될 적기로 여겨졌다. 하는 수 없이 그는 스스로 말했다.

"그건 장군이 알아서 처리하라. 그보다 우리 부족의 거주 지역 확장 작업이 끝났고, 부족민들이 안정되면서 구성원들도 늘고 있다. 나는 이제 우리가 새로운 부족으로 재탄생되었음을 선포하고자 한다."

그는 선뜻 납득되지 않는 표정이 되었다.

'우리가 새로운 부족이라는 것이 무슨 말이지? 설마 대장군이 부족의 시조가 되려는가?'

그럴 법했다. 지금 선족은 새로운 행성에서 새 역사를 써나가는 중이었다.

'굳이 그럴 것까지 있을까?'

그렇지만 히페리온은 재빠르게 그의 야망을 이해하고 동조했다.

"새로운 부족이 시작되는 역사에 제가 동참하게 되었음이 영광입니다. 부족의 구성원 모두가 한마음으로 맞이할 수 있도록 만반의 준비를 갖추겠습니다."

"장군의 충성심이 매우 흡족하다."

크로노스의 갑작스런 지시로 인해 달에 대규모의 우주 함대가 출현한 중대한 사건은 히페리온에게 잊혀졌다. 새로운 부족의 탄생을 준비하는 작업은 부족원들을 이해시키고 선포할 준비를 하며, 직제와 명칭을 만들고 정해야 하는 복잡한 일이어서 그의 두뇌가 가진 기능을 모두

차지해 버린 것이다.

　대규모의 부족이 대규모의 선단으로 달에 도착된 것은 경이적이고 감격스러운 일이었으나, 트리톤은 크로노스의 공격이 걱정이었다. 아직 아폴로분화구 구역은 외부의 침략에 대응할 준비를 온전하게 갖추지 못했기 때문이었다. 더구나 새로 도착한 부족원들의 주거지 등을 준비하고 만드는 일만으로도 쉴 틈조차 없었다.
　'절대적으로 시간이 부족하다.'
　다급한 그는 스타치오텐허 지구의 과거 부하에게 크로노스의 동향에 관해 물었다.
　"장군님. 제가 내부적인 동향을 잘 알지 못하지만, 외부적으로는 특이하게 다른 지역을 공격하려고 준비하거나 하는 변화는 없습니다. 뭔가 바쁘게 움직이는 듯 보이지만 특별한 것은 아니어서 그곳을 공격하는 일은 없을 것 같습니다."
　"고맙다. 무슨 움직임이 보이면 연락 부탁한다."
　이상한 일이었다. 그러나 무척 다행스러운 일이었다.
　'제발 몇 달만 아무 일 없이 지나가다오.'
　간절한 마음에 그는 기도하는 심정이 되었다.

　크로노스는 부하들의 추대를 받아 족장이 되었다.
　"나는 부족민들의 열화 같은 지지와 성원에 부득이 족장의 자리에 오르는 것을 수락한다. 쿠트나호라의 비극을 뒤로한 채, 우리는 달에 정착을 하게 되었다. 이제 새로운 곳에서 새로운 시작을 하는 우리에게는 새로운 역할이 필요하다. 그것은 새로운 부족의 출현이다. 나는 멸망한 선족의 족장이 아닌 새로운 부족의 족장이기를 원한다. 그리하여 우리 부족의 이름을 새로이 공표한다. 지금부터 달 기지의 중심인 스타치오 텐허와 그 일대에 거주하는 모두는 '티탄족'임을 선언한다."

사회 대부분의 구성원들은 지도자에 그다지 관심이 없다. 포악하거나 탐욕스러운 자만 아니라면 개의치 않는다. 특히 지적 수준이 높거나, 상위 레벨의 존재들에게는 더욱 그렇다. 그렇지만, 지도자들의 생각은 다르다. 자신이 지지를 받는 것으로 착각한다.

"티탄족의 초대 대장군 히페리온, 그대는 우리가 지구에 있는 사람의 영을 아직까지도 기피하며 즐겨 먹지 않는 것에 대해서 어떤 생각을 가지고 있나."

크로노스가 족장이 되면서 히페리온도 대장군이 되었다.

"족장님의 은총으로 과분하게도 제가 티탄족의 초대 대장군이 되었음에 감격하고 감읍할 따름입니다. 지구상의 생명체 영들 중 과거 선족과 비슷한 형상의 사람에게서 생산된 영은, 아무래도 꺼려지는 마음에 많은 부족원들이 섭취하지 않고 버렸습니다. 그렇지만 이제 우리는 티탄족입니다. 굳이 사람의 영을 거부할 필요는 없다고 생각합니다. 더구나 그 영은 다른 생명체의 영보다 대부분은 영양분이 풍부한 것이 사실입니다. 이 영을 섭취하도록 명을 내리신다면 티탄족의 번영에 큰 도움이 될 것으로 생각합니다."

"대장군이 내가 듣고자 하는 보고를 하였다. 우리의 스펙트럼으로 매우 다양한 종류의 사람 영이 있음을 알 수 있다. 지금부터 우리 티탄족은 사람의 영을 주식으로 삼는다. 그러나 그 영들 중에는 영양가가 잡초의 영보다 낮은 영도 있고, 심지어는 부패된 영도 있으니, 사람의 영을 취할 때에는 반드시 스펙트럼을 통해 양질의 영만 먹도록 지침을 내리도록 하라."

지구상의 최상위 포식자 사람.
거대한 육체를 가진 것도 아니고, 날카로운 이빨과 발톱을 가지지도 못했고, 빠른 발을 소유하지도 않았다. 그렇지만 사람은 엄청나게 큰 뇌를 가졌다. 그 뇌가 사람을 최상위의 지배자로 만들었지만, 그 뇌는 때로 영을 망가트렸다. 생각이 많아진 뇌가 갖가지 욕망과 망상을 만들어 냈기 때문이다.
명예욕, 과시욕, 색욕, 종교, 물질욕!
이것들을 얻기 위한 범죄와 도박과 충동과 욕망!
모두 같은 사람의 영이지만 가치가 다르게 된 이유다. 마약과 도박에 찌든 영, 살인을 저지른 영, 다른 이의 삶을 망가트린 영과 꿈꾸는 소녀의 영, 꿈을 이루려 치열하게 살아내는 영, 다른 이를 위해 헌신한 영, 구도의 길을 걸어 마침내 깨달음을 얻은 영, 지고지순한 사랑을 얻은 영의 가치를 모두 같은 값으로 매기는 것은 당연히 불가능한 일이고 같아서도 안 되는 것이 올바른 정의다. 그 값어치의 차이는 사람들도 잘 안다. 오직 사람의 영들에게만 영롱한 영과 무가치한 영이 공존하고 있다.
그렇지만 사람보다 한 단계 진화한 존재가 있어 자신들의 영이 이제 그들에게 식량으로 사용되게 되었음을 깨닫지 못하고 있다. 오직 바르고 선하게만 살며, 가족과 스스로의 안위만을 잘 지키며 살아, 현실과 타협하고 안주한 영들이 티탄족에게 최상품의 식량이 되어 버렸다. 그렇지만 그 속에서도 치열하게 고민하고 수련하여 영력과 공력을 길러낸 영들에게는 티탄족에게서 벗어날 능력이 생겨나게 되는 차이를 모를 뿐이다.

크로노스가 스스로 족장에 오르고, 선족을 부정하며 부족의 명칭을 '티탄족'이라 개명한 일은 오래지 않아 아폴로분화구에 알려졌다.

"크로노스가 드디어 야욕을 드러냈습니다."

"족장이 되려니 뿌리를 부정할 수밖에는 없었겠지요. 이제 우리 부족은 갈라졌습니다. 아직 크로노스가 우리에게 삼만의 부족원이 도착한 사실을 모르고 있는 것으로 보입니다. 이제 우리도 빠르게 조직을 정비해야 할 듯합니다."

"선수를 빼앗겼지만, 정통성은 우리에게 있습니다. 그리고 다행히 우리 조직이 어느 정도 안정을 찾았습니다. 이제 서두르겠습니다."

"우리도 부족의 명칭을 고민해야 합니다."

"여럿의 의견을 모아보겠습니다."

의견이 분분했다. 쿠트나호라를 잊어서는 안 되고, 뿌리를 부정해서는 안 된다는 명칭 수호파와, 이미 멸망한 그 시절의 향수는 도움이 되지 않고, 달에 정착했으니 새 명칭이 필요하다는 의견이 팽팽했다.

시간이 흐를수록 의견이 한편으로 기울었다. 크로노스가 새 부족 명칭을 사용한 영향이 컸다.

아트라하시스가 새 족장에 추대되었다. 그리고 트리톤을 대장군으로 임명하고 토마스 부관과 테티스를 장군으로 선임했다.

"오늘 나는 족장의 권한으로 우리 부족의 이름을 '눈족'이라 정한다. 눈족의 족장인 나는 우리 부족의 영원과 안녕을 위해 나에게 주어진 권한과 의무를 다할 것이며, 우리가 선족의 유일한 후예임을 자랑스럽게 밝힌다. 모든 부족원들이 단합을 이루어 앞으로 닥쳐올 티탄족과의 대결에서 승리를 쟁취하자."

그는 티탄족을 앞으로 병합해야 할 대상으로 규정한 것이다.

아폴로분화구에 눈족이 출현한 사실을 크로노스가 아는 데는 그리 오랜 시간이 필요하지 않았다. 깜짝 놀란 그는 대노했다.

"대장군, 이 일에 대해서 설명해라. 아트라하시스에게 어떻게 갑자기 우리의 부족원 숫자보다 더 많은 수의 부족원이 생길 수 있단 말인가."

"제가 얼마 전에 보고드렸던 비행선 함대에 선족들이 탑승해 있었던 것으로 추정됩니다. 그때 서둘러 대응하지 못한 제 잘못입니다."

"대장군의 보고를 내가 묵살한 것이 잘못이구나. 내가 족장에 오르려고 너무 서두른 나머지 위험 신호를 놓쳤다. 모두 내 불찰이다. 아툼이 낡은 비행선에 선족을 태우는 모험을 강행한 것이다. 비행선이 낡아서 늦게야 달에 도착된 것이고. 그는 내 야망을 모두 알고 있었다, 그가 이렇게 제 아들을 구했구나. 새삼 그의 예지력이 두렵다."

"이제 저들을 공격해서 이곳으로 데려올까요?"

"불가능하다. 눈족도 티탄족도 아직은 서로 그럴 힘이 없다. 훗날을 도모하자."

영계

 어린 지제수는 좌절과 절망에 빠졌다.
 '현재의 내 육체에 가해지는 고통과 마음에 가해지는 핍박으로 인해 정신이 무너진다는 것이, 인간의 몸으로 환생하기 전에 가졌던 나의 영력과 수양과 깨달음과는 진정 이렇게도 완전히 별개일 수 있을까?'
 맞닥뜨린 현실이 너무 벅찼다. 환생을 결정한 것이 후회스러울 정도였다. 나이 열넷의 남자아이는 자신을 지킬 최소한의 힘이 생긴다. 그렇지만 지제수에게는 다른 세상의 일이었다. 의붓아버지가 어릴 적부터 그에게 저지른 폭행과 학대는 그를 절대자로 느끼게 만들었다. 자신을 향해 날아오는 주먹과 발길질은 바위처럼 두려웠고, 그의 입에서 쏟아지는 폭언은 예리한 비수였다. 아침에 눈을 뜨면 그는 의붓아버지의 기분부터 살폈다. 차라리 오전에 매를 맞는 날이면 오후는 마음이 편안했다. 간혹 오후에도 다시 치도곤을 당하기도 했지만, 대부분은 그런 날이면 조용하게 하루를 보낼 수 있었다.
 '저놈을 죽여 버리고 말 테야.'
 열 살이 넘으면서 마음속에 불끈 일어나는 마음을 몇 년째 다스리고 있는 것은 자신에게 몸을 내어준 가여운 어머니에 대한 안타까움과, 전생에 이룬 깨달음이었다.

전생, 그리고 소명!

깨달음을 얻기 전 전생이 너무 힘겨웠기에 환생으로 살아갈 삶의 고통쯤은 걱정조차 하지 않았고, 오히려 전생보다는 멋질지도 모른다는 기대조차 했었다. 욱신거리는 몸을 벽에 기대니 지난 전생의 삶이 회상으로 떠올랐다.

동정녀로부터 태어났다는 것이 무슨 의미인지를 아는 나이가 되면서부터 지제수의 방황은 시작되었다. 어린 시절부터 영특함이 남달랐고 아버지 요셉을 잘 따랐던 그였기에, 한번 시작된 방황과 반항은 더 걷잡을 수 없도록 그를 폭주하게 만들었다. 일곱 살이 넘을 무렵부터 유태인들의 경전을 읽고 이해하였으며, 요셉의 목수 일을 도와야 하는 어려운 집안 환경 탓에 아무도 교리를 가르쳐주지 않았음에도 불구하고 열 살이 넘어서자 공회당에 나가서 율법학자들과 교리를 논하고 있었던 것에서 그의 남다른 영특함은 이미 증명이 되었다.

그렇지만 이런 영특함은 그를 더 큰 방황으로 이끌었다. 주변의 시선이나 가족의 변함없는 애정은 오히려 지제수를 더 견딜 수 없도록 만들었다. 열다섯이 되던 해 드디어 그는 주변의 누구에게도 알리지 않은 채 가출을 하고야 말았다.

정처를 알 수 없게 떠돌던 지제수는 어느덧 홍해를 넘어 물결에 휩쓸리는 나뭇잎같이 아드리아해를 건너고 있었다. 정처 없이 방랑하는 그에게 자신이 도착하게 될 그곳에 무엇이 있는지는 아무것도 중요하지 않았다. 그저 떠돌아 흐를 뿐이었다.

집을 나온 지 3년이 흘러 지제수는 인도의 인더스강 유역 모헨조다로에 도착을 했다. 자신이 떠나온 고향 나사렛에 비해 한없이 크기만 한 도시가 마음에 들었고 갖가지 시설들은 그의 눈에는 화려하기조차 하였다. 그는 거기 머물기로 마음먹었다.

몇 달이 지난 후, 우연히 알게 된 여인에게서 그는 여인의 고향에 전해져 내려오고 있는 수메르 신화와 신들이 무서운 무기로 전쟁을 일으켰던 옛날이야기를 듣게 되었다. 그는 수메르 신화가 자신이 고향에서 믿었던 유태교 성서의 내용과 너무도 비슷한 것에 놀랐다.

이곳에도 노아의 방주와 비슷한 홍수 신화가 있었고, 에리두 창세기에는 솔로몬의 판결과 비슷한 얘기가 전해지고 있어서 그를 충격에 빠트렸다. 옛날 전쟁에 사용했다고 하는 엄청난 무기들의 위력 이야기에 그는 마치 새로운 세상을 만난 듯하였다. 우르크 제국이었던 그곳에는 상수도와 하수도 시설의 흔적이 남아 있고 몇천 년 전에도 벌써 실로 짜서 만든 옷을 입었으며, 행성의 움직임까지 기록했다는 것은 차라리 신화 속 이야기로 여겨졌다. 행성이 움직인다는 것이 무엇인지 알 수는 없지만 나사렛이나 점령 국가인 로마에서는 들어본 적도 없는 얘기들이었다.

특히 신이 죽임을 당하고 그 몸의 조각들이 신을 기억하기 위해 조각들 하나하나가 영을 나누어 가지게 되었다는 이야기는 지제수의 마음 속 눈을 '번쩍' 뜨게 만드는 것이었다. 인간의 어디가 다른 생명체와 다른 것인가를 항상 고민하던 그에게 인간의 영이 신의 영의 조각이고, 따라서 인간이 신의 영혼을 이룰 수 있고 영생을 가질 수도 있다는 사상은 지제수를 엄청난 흥분 속으로 몰아넣었다.

동물들과 사람이 차이가 없는 까닭에 동물에게도 영이 있으리라 여겨

왔던 그였다. 이제 동물의 영은 사람의 영과 같을 수 없고, 사람의 영들을 모아, 신의 영이었던 모습으로 조각을 모아내면 인간도 영들의 합체를 통하여 신을 이룰 수 있는 것임을 깨달았다. 조각이 몇 개가 모여야 신을 이룰 수 있는지 알 수는 없지만 그래도 그에게는 목표가 생긴 것이다. 자신과 같은 생각을 가지며, 스스로의 영을 고귀하게 여기며 수련해 나갈 사람들을 만나 공동체를 이루어 나간다면 언젠가는 신을 이룰 수 있을 것이라는.

지제수는 인도 북부의 캐쉬미르 지방 스리나가르에 도착하였다. 수메르 문명의 충격에서 벗어나 자신의 내면을 돌아보고 싶었다. 유태교 안에서 세상을 알았던 그에게 이곳 인도에 도착해서 몇 달 동안 보고 들은 지식들은 큰 변화를 요구하는 것들이었다.

그는 유일신 여호와를 믿고 구원을 받는 것이 목표였던 삶에서 벗어나고 있는 자신을 보았다. 스스로의 수련과 그런 수련을 행한 주변의 여럿이 모이면 스스로의 힘으로 영생을 얻는 신이 될 수 있다는 수메르인들의 신앙이 마음속에 믿음으로 자리를 잡고 있었다. 그 신앙을 더욱 굳히고 싶은 욕심에 이곳 스리나가르에 온 것이다.

구르를 찾아 방랑하던 지제수는 은자 락쉬만쥬를 만났다. 그는 지제수에게 명상서 한 권을 주었다. 비그야나 브하이라마 탄트라경으로 시바신이 가르쳐 주는 112가지 명상 비법을 담은 세상에서 가장 오래된 명상 경전이었다. 경전을 통해 112가지의 명상법 중에 한 가지만이라도 통달하면 하나의 종교를 열어 교주가 될 수 있다는 이 책을 통하여, 지제수는 어느덧 자신의 내면을 들여다보는 명상 수련을 완성해 나가고 있었다.

비그야나 브하이라마 탄트라경을 거의 익혀갈 무렵 그는 또 한 권의 명상서를 접했다. 우파니샤드다, 문다카, 만두키야, 카타 등 스승과 제자의 문답을 통해 명상을 수련하는 직관적이고 영적인 문답서로, 사람에게 있다는 3가지 몸인 물질적인 몸, 영혼의 몸, 근원적인 몸에 대한 성찰을 통해 궁극적인 진리에 이르도록 하는 안내서였다. 이렇게 1년을 스리나가르에서 보내던 지제수는 그곳을 떠나 스스로 구르가 되기 위한 수련을 시작했다.

몇 년이 흐른 뒤의 어느 봄날, 지제수의 얼굴에 미소가 흘렀다. 머리는 덤불같이 엉키고, 수염은 자라 얼굴을 가리고 있었지만 눈빛은 형형해서 야광주로 빛나고 마치 후광이 빛나는 것 같은 현자 구르의 모습이었다.

지제수의 마음속에는 세상을 향해 쏟아내야 할 진리들이 넘쳐났다. 이제 세상에 나아가 진리를 전파해야 할 소명의식에 그는 마음이 조급해졌다. 해야 할 일과 만나서 세상에 전해 줄 진리가 너무도 많았다. 명상 수련 중에 얻은 우주의 기운은 몇 년 전에 가지고 싶었던 스스로 신이 되는 방법이 실현될 수 있는 것임을 알게 해주었다.

기(氣)는 그렇게 인류를 구원해 줄 수 있는 신의 통로였던 것이다. 사람인 자신과 자신이 기르던 가축인 양이나 말, 낙타가 사람과 다른 점을 알 수 없었던 그다. 사람이 먹고 배설하고 자고 일어나듯이, 양도 낙타도 말도 모두 먹고 배설하고 자고 일어난다. 사람이 말하고 듣고 하듯이 가축들도 자기들끼리 의사를 소통하고 사람이 말하면 알아듣는다. 사람이 짝짓기를 하고 자식을 낳듯이 가축들도 짝짓기를 하고 새끼를 낳는다. 대체 서로 무엇이 다른가는 그가 나사렛에 살던 시절에 가진 의문들이었다.

　지제수는 이제 그 의문에 대한 답을 얻었다. 사람은 죽음에 대한 고뇌를 할 수 있는 존재라는 것이다. 죽음에 대한 고뇌는 사람을 사유하도록 만들었다. 동물에게는 없는 사유의 힘이 사람에게 생긴 것이고, 사유는 사람의 마음을 수양하였으며 수양을 통해 사람은 수련의 깊이를 더하며 영에 내공을 부여하였다. 사유하는 사람의 영은 다른 생물의 영과는 차원이 달라진 것이다. 사유를 시작한 시점부터….

　사유를 시작한 인류에게 우주의 기(氣)가 깃들기 시작했다. 모든 인류에게는 우주의 기가 깃들게 되었다. 하지만 또다시 지제수는 번민에 시달리게 되었다. 사람과 동물이 다름은 알겠는데 사람은 왜 각각 다른가. 어떤 사람은 고귀하고 선한데 어떤 사람은 죄를 저지르고 악행을 일삼으며 때로는 짐승만도 못한가. 끝없는 번민에 빠진 그에게 어느 날 은자 락쉬만쥬가 다가와 물가로 인도하였다. 맑고 깨끗한 물로 목을 축인 락쉬만쥬는 그 물에 오줌을 누어 버렸다. 목이 말라 락쉬만쥬가 물을 마신 뒤 물을 마시려던 지제수는 벌컥 화를 낼 수밖에 없었다. 그때 락쉬만쥬는 웃음 가득한 얼굴로 말했다.

　"내가 마신 것도 물이고, 내가 눈 오줌도 물이고, 오줌에 섞인 것도 물이다."

　지제수는 그 순간에 한 번 더 깨달았다. 악인의 영이나 선인의 영이나 모두 영이다. 하지만 다른 영이다. 깨끗하지 못한 물은 갈증을 해결해주지 못하고 물의 역할을 할 수 없듯이 악인의 영은 의인의 영과 같은 역할을 할 수는 없는 것이다.

　같은 인간의 몸에 깃들어 생겨난 영이지만 고결하고 깨끗함을 유지하지 못한다면 가치를 가지지 못하는 것이다. 그러므로 사람은 항상 선함에 머무르고 명상을 통하여 고귀하고자 노력해야 하는 것이다. 그러나 락쉬만쥬의 오줌으로 더럽혀진 물은 무슨 잘못이 있는가. 그 깨끗했던 물도 깨끗함을 누릴 수 있어야만 하지 않을까. 마찬가지로 어쩔 수 없이 더럽혀진 사람의 영도 죄사함 받을 기회를 얻어야 하지 않는가.

지제수는 이제 알았다. 자신이 해야 할 소명을 깨달았다. 더 이상 이곳에 머물지 않아도 되었다. 명상으로 이미 구르가 되었고, 자신의 소명을 깨달았으니 더 이상 이곳에 머무를 이유가 없어진 것이다.

지제수는 고향 나사렛으로 돌아가, 삶의 무게로 인해 로마의 핍박에 의해 오염되고 더럽혀진 형제의 영을 자신이 인도해 구원해야 함을 깨달았다. 그들을 구원할 방법은 오직 하나, 사랑이었다. 삶에 지친 그들에게 생명의 빛인 사랑을 전하고, 그 사랑으로 건져 올려낸 영들과 힘을 합하여 신의 영을 이룰 수 있을 것이다. 그러면 그들의 영과 함께 신의 영이 되어 영생을 누릴 수 있을 것이다. 지제수는 깊은 감사의 뜻을 담아 스승이자 은자인 락쉬만쥬에게 인사를 하고 고향 나사렛으로 향했다.

의붓아버지가 만취한 채로 집에 왔다.
"물 가져와!"
방에 들어와 앉자마자 아버지는 어머니에게 소리를 질렀다. 어머니는 허겁지겁 물을 컵에 따라 건넸다. 그렇지만 컵은 벽으로 날아가 박살이 났다.
"찬물을 가져와야지, 미지근하잖아!"
동시에 아버지의 주먹이 어머니의 배에 꽂혔다.

"아이쿠!"

제대로 된 비명도 지르지 못하고 어머니가 배를 움켜쥐고 방바닥에 나뒹굴었다.

"엄마!"

지제수는 엉겁결에 엄마를 몸으로 덮었다. 그의 등 위로 아버지의 무차별적인 주먹과 발길질이 쏟아졌다. 그는 눈을 부릅뜨고 이를 악물었다. 전생에 성취한 강력한 내공으로 그는 겨우 분노를 억누르고 있었다. 굵은 눈물이 그의 눈에서 떨어져 방바닥을 적셨다.

지제수의 머릿속을 전생의 기억이 다시 맴돌았다.

나사렛으로 돌아온 그는 열렬한 지지를 받았다.

"네 이웃을 사랑하라!"

그의 메시지는 단순하고 명쾌했다. 로마의 억압 속에서 희망을 잃고 마음속의 위안을 갈구하던 백성들은 사랑을 주창하는 지제수의 설교에 즉각 반응을 일으켰다. 그리고 뜻을 같이 한 동지이자 제자들인 12명의 선지자. 서른 나이의 성취는 놀라웠다. 그러나 그의 대중적인 성취는 독이 되었다. 기득권의 도전과 위협과 모함, 그리고 주변인들의 알력까지.

결국 지제수는 형틀에 매달렸다. 그럼에도 그는 좌절하거나 희망을 포기하지 않았다. 12명의 동지들이 늘 구름처럼 모여들던 청중과 함께 나타나 형틀에서 자신을 내려놓을 것이기 때문이었다. 기다림이 길어졌다. 그리고 그의 마음이 점점 망가졌다.

"내 고통이 너무 크구나. 동지들이여, 아직 시간이 더 필요한가."

그리고도 시간은 더 흘렀다. 이제 기진해 가는 몸이 정신을 헝클어놓았다.

"엘리 엘리 라마 사박다니?"

절망은 신을 향해 부르짖도록 만들었다. 논리가 사라진 것이다.

"너 그 소문 들었어?"

"무슨 소문인데."

"저 죄수가 자기 스스로 메시아라고 떠들고 다녔다며."

"그랬다네. 미친 거지."

"그렇지. 그런데 미친 저 사람을 따르던 제자들이 많았대. 그런데 그 제자들 중에 하나가 은전을 받고, 제 스승을 팔아넘겼대."

"그놈도 참 어지간한 놈이네. 그래도 늦게라도 정신 차렸구먼. 그놈 이름이 뭐래?"

"유다이라고 하던가?"

"그놈 이름 참 적당하네. You die, 맞네. 너는 이제 죽었다."

지제수는 혼미한 중에도 형틀을 지키는 군인들의 농지거리를 들었다. 이제 모든 것들이 명확해졌다. 지금 자신이 형틀에 달려 있는 이유와, 동지들과 추종자들이 자신을 구하러 오지 않는 이유가!

현자임에도 그의 마음은 분노로 들끓었다.

'내 삶이 완전히 망가졌구나. 어머니는 왜 나를 잉태했단 말인가. 나는 무엇을 바라고 아버지의 목수 일을 그렇게도 열심히 도왔고, 무엇을 얻으려고 머나먼 인도까지 다녀왔으며, 무엇을 이루려고 대중들에게 사랑을 설파했던가. 결국 그들은 나를 이런 방식으로 이용하고 있는 것을. 깨달음, 그 허망한 진리라니!'

자괴감과 배반당한 아픔으로 그는 울부짖었다. 하늘도 그의 아픔을 헤아리는지 비를 퍼부었다. 지제수를 지키던 군인들은 죄수가 울부짖는 바람에 시끄러웠던 차에 비까지 내리자 짜증이 부쩍 올랐다.

"아니 저놈이. 야, 조용히 안 해?"
그렇지만 형틀에 매달린 죄수는 아랑곳하지 않고 악을 써댔다.
"저놈 때문에 시끄러운데 비까지 오네. 에이, 재수 없어. 내가 저놈 옆구리에 이 창을 꽂아 얼른 죽게 만들어야겠다."
옆구리에 창이 후비고 들어오는 그 고통이 오히려 후련했다. 그는 이를 악물고 마음의 고통을 이겨내려 옆구리의 통증을 반겼다. 그 덕분에 죽음에 이르는 순간, 그는 영이 흑화되는 화를 겨우 면했다.

아버지의 폭행이 며칠 뜸했다. 어머니와 그는 마음이 더욱 불안해졌다.
"엄마, 요즈음 왜 조용하지?"
"그러게 말이다. 얼마나 크게 난리를 치려고 며칠을 조용하게 있는 거라니?"
불안은 곧바로 현실이 되었다. 바로 그날 밤, 아버지는 만취해서 들어왔다. 곧 닥칠 가늠 안 되는 사태에 대한 걱정으로 집안에 불안감과 긴장감이 가득해졌다.
"집안 분위기가 왜 이 모양이야?"
그렇게 시작되었다. 오늘은 살림살이들이 분풀이 대상이었다. 몽둥이를 집어 들더니 가구며 가전제품을 닥치는 대로 부수기 시작했다. 잔뜩 겁을 집어먹고 구석에서 떨고 있던 어머니가 더 이상 놔둘 수 없었는지 아버지에게 달려들었다. 어머니에게 방해를 받자, 아버지는 몽둥이를 내던지더니 주방으로 가서 식칼을 집어 들었다.
"아버지, 제발 그만하세요!"
지제수가 비명처럼 외치며 아버지에게 달려들었다. 어머니를 향해 달려들던 아버지와 지제수는 충돌했고, 그 바람에 아버지가 뒤로 넘어졌다. 넘어지면서 그는 싱크대의 모서리에 뒷머리를 세게 부딪쳤다.
"어이쿠!"
이것이 의붓아버지가 세상에 남긴 마지막 말이었다.
숨이 끊어진 아버지를 보며 어머니는 말했다.
"차라리 잘됐구나."
어머니는 자신이 아버지를 밀쳐서 죽었다고 경찰에 진술을 했다. 아들은 정황을 곁들이며 자신과 부딪쳤다고 진술했다. 경찰은 지제수를 미필적 고의에 의한 존속 살해 혐의로 구속했다. 지제수는 구치소를 거쳐 교도소에 수감되고 나니 오히려 마음이 편했다. 어머니가 집 안에서 누구의 눈치도 보지 않고 편히 계실 수 있다고 생각하니 마음마저 여유로웠다.
그렇지만, 교도소 내에서의 생활은 평화롭지 않았다. 범죄자들만 따로 모아서 지내도록 하는 곳 그 이상도 이하도 아니었다. 사회에서 볼 수 없는 극악함이 존재하는 곳! 그곳에서 지제수가 본 사람의 영은 너무나 하찮았다.

전생에서 십자가라는 형틀에서 죽은 지제수는 죽기 직전에 가진 처절한 배신감과 좌절에도 인도에서 얻은 지혜와 내공으로 가까스로 흑화를 모면했다. 강력한 내공을 간직한 채 육신을 벗어난 그는 허공을 떠다니며 갖가지 영들을 만나 보았다. 그리고 다행스럽게 자신이 인도에서 터득한 지혜와 경지가 올바른 깨달음이었음을 알았다. 그렇지만 시간이 흐르면서 왠지 자신의 영이 조금씩 소실되어 가는 것이 느껴졌다.
'육체를 가졌을 때 시간이 지나면 허기를 느끼는 것과 같은 이치일 거다.'

그 당시에 그는 그렇게 깊이 고민을 하지 않고 넘겨 버렸었다.

땅 위에서와 같이 허공에도 온갖 생명체의 영들이 퍼져 있었다. 서로는 뭉치기도 하고 흩어지기도 하는 영들 중에, 어떤 영은 고왔고, 어떤 영은 흉했으며, 어떤 영은 크고, 어떤 영은 작아 모습들이 제가각이었다. 특이한 점은 지상에서와 마찬가지로 어떤 영에는 그 뒤를 따르는 영들이 있다는 점이었다.

'영계의 일상도 살아 있을 때의 일상과 크게 다르지 않구나.'

그리고 한 가지 더 이상한 일이 생겼다. 자신에게도 다른 영들이 따르는 것이었다.

'왜 나를 따르고 있어요?'

그는 자신 주변의 영들에게 물었다.

'당신에게서는 빛을 느낄 수 있어요.'

'우리는 알 수 있어요. 육신을 가지고 사는 동안 선하게 살고, 덕을 쌓은 분들의 영에서는 빛이 나는 것을요.'

'그런 삶을 살면서 현자의 깨달음까지 얻은 분들의 영에서는 당신과 같은 후광까지 드리웁니다. 우리를 보호해 주시고 이끌어 주실 분을 찾아서 기쁩니다.'

주변의 영들이 이구동성으로 말했다.

지제수는 자신의 영을 살펴보았다. 정말로 자신의 모습은 특별했다. 크기와 밝음이 다른 영들과 비교되지 않았다.

'깨달음이 이런 것이구나.'

교도소에서 지제수는 열다섯이 되었다. 자신에게 드리운 악의 기운으로 인해 영력이 조금씩 소실되어 가는 것을 막아내려면 어두운 기억을 떨쳐 낼 새로운 기억이 필요했다. 그래서 환생을 결심했고, 어릴 적의 순수한 행복을 얻어낸 뒤, 다시 영의 세계로 돌아갈 시기를 열다섯으로 생각했다. 15년이면 조금씩 소실되어 가는 영을 보충하고, 새롭고 깨끗한 삶으로 완전하게 깨달음을 얻은 선한 영이 될 수 있었기 때문이다.

'그렇지만, 이번 생은 완전히 실패다.'

하필 결손 가정에 태어나서 난폭한 의붓아버지와 살게 되고, 어쩌다 사람의 목숨도 잃게 만들었다. 도저히 선함을 얻을 기회가 없는 생이었다. 더구나 지은 죄로 인해 지내게 된 교도소에서 바라본 사람의 모습은, 더 이상 가망이 없는 것들이었다.

'이번 생에서 적어도 나는 가르침 한 가지는 확실하게 얻었다. 세상의 모든 영들 중에 사람의 영이 가장 가치가 없다. 사람은 선하기가 너무 힘들구나. 엄청난 혜택을 얻고 사람으로 태어났건만, 그 바탕이 어찌 저렇게도 사나울까. 다른 생명체는 본디 선하지만, 사람의 생명체는 본디 악한 것이었구나. 이제 영계로 다시 돌아가면 사람의 영을 포기하고, 세상의 다른 모든 생명체 영들을 보호하기 위해 헌신하도록 할 것이다.'

지제수가 잠시 영계를 떠날 결심을 하던 즈음의 일이었다.

"지제수님, 영들이 어디론가 사라지는 현상이 나타나기 시작했소. 들은 바가 없소?"

"예, 구자님. 처음 듣는 말입니다. 영이 사라진다는 것이 어떤 현상을 말하는지요. 소멸을 뜻하는 것인지, 아니면 실종을 뜻하는 것인지."

옆에 있던 석달타가 말했다.

"얼마 전부터 있었던 일이라고 하오. 나와 구자를 따르는 영들이 전해준 말이오. 사람의 영은 문제가 없는데 식물과 동물의 영들이 사라진다고 걱정들을 하고 있었소."

"우리가 영계를 돌보며 이끌어온 시간이 2천 년이 넘는데 이런 일은 처음이오. 원인조차 알지 못하니 걱정이 너무나 큽니다."

석달타와 구자가 크게 낙신하고 있었다.

2천 년 전 영계에 들어선지 얼마 안 되어, 지제수는 밝은 등불처럼 빛나는 영 둘을 만났다. 석달타의 영과 구자의 영이었다. 그들은 자신과 같이 수많은 영들에 둘러싸여 있었다. 이미 수백 년이나 앞서 영계에 들어온 그들은 자신들처럼 밝게 빛나는 지제수 영에게 존경을 나타내며, 새로 영계에 나타난 그를 따뜻하게 맞이하고, 조언도 아끼지 않았다. 그 덕분에 그는 영계의 생활에 적응하는 데 어려움이 없었다.

지제수가 영계를 이끌어 온 시간도 어느새 2천 년에 이르고 있었다.

그는 궁금한 점이 있었다.

"두 분께서도 영력이 점차 감소하는 것을 느끼십니까."

그가 오랫동안 가졌던 고민을 두 선지자 영에게 말한 것은 그들에게서는 그런 느낌을 받지 못했기 때문이다.

"무슨 의미인지 잘 모르겠습니다. 다만 일반 영들은 드물게 그런 현상을 겪기도 합니다. 삶의 고통 속에서 깨달음을 얻어 낸 영들 중에서 고통스러운 기억을 떨쳐내지 못하면 나타나는 일입니다. 그렇지만 지제수님처럼 큰 깨달음을 가진 영도 그런 일을 겪으시는군요."

"그런 영들은 어떻게 됩니까."

"결국 소멸의 길을 걷습니다. 그러나 한 가지 길은 있습니다. 환생을 해서 행복한 기억을 얻는 방법입니다. 일반 영들에게는 큰 모험이지만, 지제수님처럼 큰 영력이 있는 경우에는 어려운 일이 아닐 것입니다. 다만, 다음 생이 행복할지 불행할지는 아무도 알지 못하는 일입니다. 그것은 선택할 수 없는 일입니다."

지제수는 전생에 있었던 어린 시절의 일과 제자에게 배반당한 일 때문에 흑화될 위기를 겨우 면했던 기억이 떠올랐다.

"두 분의 조언에 감사드립니다. 저는 더 이상 저의 공력이 소멸되는 것을 방치하기가 어렵습니다. 저는 환생을 하기로 결심했습니다. 어린 시절의 기억만이라도 행복한 기억으로 바꿀 수 있다면, 소멸의 고리를 끊을 수 있을 것 같습니다. 두 분 선지자께서 15년 동안만 저를 따르던 무리를 보살펴주십시오."

이제 때가 되었다. 또한 영계에 들어가면 이루어야 할 새로운 목표도 생겼다.

'사람의 영이 아닌 생명체의 영을 이끄는 소명도 의미 있는 일이다. 사람의 영은 석달타와 구자가 맡으면 된다. 다만, 사람의 영 외에 다른 생명체의 영이 사라지는 문제는 더 조사를 해야 할 일이다.'

교도소 안에서 그는 스스로의 삶을 결정했다. 그리고 곧바로 영계로 복귀했다. 그의 복귀에 영계의 모든 영들이 환호했다.

"지제수님, 어서 오세요, 환영합니다!"

석달타와 구자가 조금은 흥분된 모습으로 영계의 복귀를 축하했다.

지제수는 두 선지자 영에게 앞으로는 동물과 식물의 영만 돌보겠다는 자신의 결심을 말했다.

"우리가 지난번에 걱정했던 생명체의 영이 사라지는 일 때문에 그렇게 결심하신 것 같군요. 그렇다면 우리는 사람의 영만 돌보겠습니다. 다른 영들은 지제수님이 맡아 주세요. 그렇지만 혼자의 힘으로는 벅찰 것으로 생각됩니다."

"시간이 지나면 적응이 되겠지요. 벅차면 다른 훌륭한 영에게 도움도 받고요. 두 분도 저를 도와주시겠지요."

"물론입니다, 얼마든지요. 지제수님께 도움을 주실 저당한 분이 계신데 아시지 않습니까. 모하도 말입니다."

"아! 그분이 있군요. 제가 만나서 당부해 보겠습니다."

지제수를 만나고 돌아오는 길에 석달타의 표정이 어두워 보였다. 구자도 무엇인지 꺼림칙한 기분이 들던 참이었다.

"석달타님의 얼굴이 어둡습니다. 염려되시는 것이 있으십니까."

"예, 제가 민감한 것인지도 모르겠지만, 제 눈에는 지제수의 후광에서 붉은 기운을 보았습니다. 그래서 걱정스럽습니다."

"아! 그럼 제가 잘못 본 것이 아니었군요. 저도 그 부분이 의아했던 참입니다."

두 영은 서로 시선을 한차례 교환한 뒤 말없이 길을 재촉했다. 그 붉은 기운의 후광이 예사롭지 않음이 자꾸만 마음이 쓰였던 것이다.

모하도는 영계에서 차지하는 스스로의 위치가 불만족스러웠다.

'나는 지제수님보다 영계에 겨우 6백여 년 늦게 왔을 뿐이다. 그도 나도 선지자인데 영계에서의 내 역할이 너무 보잘것없다.'

욕심과 야망이 큰 그였다. 전생에 자신의 위치를 확실하게 다지기 위해, 자신의 교리에 스스로 최후의 예언자라고 못을 박아서 더 이상의 성현이 출현되는 길을 막아 버렸다. 실제로 모하도 이후 천 오백여 년 동안 단 하나의 성현도 나타나지 않았다. 천 년 동안 네 명의 성현이 지구상에 나타났었음을 보면 매우 이례적인 현상이다.

지제수는 그의 야망을 눈여겨보았다.

'저 영에게 나의 길이 있구나.'

그는 스스로 흠칫 놀랐다. 사악한 목적으로 다른 영을 이용하려는 생각을 했기 때문이었다. 그리고 하늘을 우러렀다.

'아뿔싸! 내가 점점 더 빠르게 흑화되고 있구나.'

환생으로 어린 시절의 나쁜 기억을 행복한 기억으로 바꾸려는 시도가 오히려 더 나쁜 기억을 덧씌워 버린 것이 치명적이었다. 이제는 방법이 없었다. 그는 앞으로 스스로가 행할 악행이 두려웠다. 이렇게 스스로의 처지를 안타까워하는 와중에도 그의 마음 한구석은 영계를 혼란에 빠트릴 기대로 설레고 있었다.

*

히페리온에게 쫓기던 아트라하시스는 부상당한 몸으로 지구로 달아났다. 트리톤 장군도 테티스도 다급하게 쫓기고 있어, 서로의 생사와 행방을 알 수 없었다. 트리톤 장군이 개발한 무기는 이제 자신들을 해치는 무기가 되어 있었다. 정신이 점점 혼미해지던 그는 본능의 이끌림에만 의지하고 있었다. 다행스럽게 히페리온의 추격을 겨우 따돌린 듯했다.

그러다 보니 어느 동굴에 들어와 있었다. 어떻게 이곳으로 들어왔는지 알지 못했다. 다만 이곳은 매우 아늑하고 편안했다. 이곳이 그의 아버지 아툼 족장이 만들어 놓은 비상 대피소라는 것을 그가 알 길이 없었다.

커다란 바위들이 무리 지어 있는 이곳은 인간들도 접근하기를 꺼려하는 험한 곳이다. 아툼은 동굴 안에 적당한 습기가 항상 유지될 수 있도록 물길도 내두었다. 특히 선족에게 효험이 좋은 백호기액이 함유된 샘물을 갖추어 놓은 곳이다. 백호기액은 지구의 기운이 응축된 정수로 혜성이 시구 췌노에 근접하고 보름달이 뜬 밤 12시 정각에 옹달샘에 혜성과 보름달이 비칠 때 물을 마시러 온 백호가 혜성의 기와 보름달의 정기가 담긴 물을 마시는 순간 쓰러져 옹달샘의 물에 녹아들어 걸쭉해진 진액을 말한다. 아트라하시스는 갈증이 일어 진액을 마셨다. 그러자 진액은 그 효능으로 그를 눈을 감고 진기를 운용하도록 만들었다.

얼마나 시간이 흘렀을까, 아트라하시스는 갑작스런 느낌에 눈을 번쩍 떴다. 경황없이 동굴에 들어와 다급하게 백호기액을 마시고 기를 운용하기에 여념이 없었다지만, 동굴 안에서 느껴지는 다른 생명체의 기척을 자신이 알아채지 못했음이 이상했다. 아트라하시스는 주변을 돌아보다 깜짝 놀랐다. 인간 여인이 쓰러져 있었다.

거의 죽은 상태의 몸이라 기운을 느끼지 못했던 것 같았다. 아트라하시스는 인간 여자를 천천히 살폈다. 특별한 외상은 없었지만 무릎 근처에 작은 이빨 자국이 있었다. 독뱀에 물린 자국이다. 이 인간 여자는 무척 운이 좋은 것이다. 이곳이 어떤 곳인지 알고 들어왔을 리 없지만, 이곳은 생명체의 어떤 상처도 치유되는 동굴이기 때문이다. 분홍 독뱀의 맹독에도 몇 시간 동안이나 생명이 끊어지지 않은 것은 이 동굴의 보호를 받은 덕택이다.

아트라하시스는 인간 여인의 무릎에 손을 댔다. 인간 여인의 몸에 퍼져 있던 독이 아트라하시스의 손을 통해 흡수되어 중화되기 시작했다.

묘화는 정신이 혼미했다. 바위산 중턱에 혼자 살고 있는 그녀는 치성을 드리러 기운이 좋은 산속 이곳저곳을 다닌다. 동네 사람들에게 영험이 있는 용한 무당으로 이름이 높지만, 영험이 높은 무당이 되기 위해서는 이처럼 기운이 좋은 장소를 찾아가서 치성을 드려야 하기 때문이다. 이번에도 다른 날과 마찬가지로 치성을 마치고 오는 길에 분홍빛 독뱀에 물렸다. 무섭고 황망하여 급하게 집으로 방향을 잡고 오던 중, 정신을 잃을 지경에 이르러 동굴 하나를 발견하고 무의식중에 들어오자마자 기절을 한 것이다.

그녀는 얼핏 무릎 근처에 기척이 느껴져 정신을 가다듬으려는데, 시원한 기운이 먼저 일어 온몸으로 퍼져 나갔다. 마치 치성을 드릴 때 신기를 느끼고 무의식중에 황홀경에 빠질 때처럼 점점 몸이 허공에 붕 떠오르고 있었다. 묘화의 몸에 퍼지던 시원한 기운은 점점 한곳으로 모이기 시작하며 쾌감으로 바뀌기 시작했다.

"아! 이것이 무엇이기에 이렇게 어질어질하고 황홀한가?"

남자를 경험한 적이 없는 묘화는 헛소리처럼 말하며 꿈속인가 생시인가 정신을 차리려 했지만, 몸이 그녀의 마음대로 되지 않았다. 배꼽 아래 부끄러운 곳에 뜨거운 기운이 모이는 것이 느껴졌지만, 그것이 싫지 않았고 오히려 너무나 환상적이고 감미로웠다. 자신도 모르게 엉덩이에 힘이 들어가며 몸이 율동하듯 움직이는 것을 느끼며 황홀경에 몸이 떨렸다. 그 뜨거운 기운은 깊은 곳에서 터지는 듯하더니, 한참 동안을 움직일 수 없었다. 묘화의 몸은 한참을 떨고 나서야 진정된 듯 보였다.

아트라하시스는 자신이 묘화의 다리에 손을 대고 있었지만, 이 행동이 여인에게 어떤 영향을 미치는지 전혀 알지 못했다. 다만 자신의 기운이 여인의 몸에 흘러들어가고 있음이 느껴졌고, 그로 인하여 여인이 살아나고 있음만을 느꼈다.

아트라하시스의 기를 받은 묘화의 몸에서 분홍빛 독뱀의 독과 선족의 기운이 격렬히 반응하며 신비로운 조화가 일어나는 그 순간, 동굴 옆에 천 년을 비스듬히 누워서 자라고 있던 소나무의 중간쯤이 갑자기 한 자 쯤이나 갈라지더니 고향 쿠트나호라에서 자라는 선족의 복숭아나무 새 싹이 비죽이 솟았다.

천 년 묵은 소나무가 잉태하고 키워낸 선족의 복숭아나무가 15년을 자란 뒤에 단 한 번 맺는 열매를 얻은 자는 수천 갑자의 공력을 얻게 된다는, 선족의 오래된 전설이 실현되고 있었다. 하지만 천 년 묵은 소나무가 복숭아나무 싹을 틔운 사실은 아트라하시스를 포함해 세상의 누구도 까맣게 모르는 일이었다.

묘화는 그날 거마산 신령님이 자신의 목숨을 구하고, 그녀의 몸에 자손을 점지하셨다고 믿었다. 천애고아, 열 길 장대로 사방을 휘휘 둘러도 혈육 하나 걸리지 않는 외톨이에게 생겨난 고마운 인연을 그녀는 소중하게 간직했다.

"네 이름은 치우다. 아버지의 성은 모르니, 산 아래 마을에서 가장 명망이 있는 집안의 성을 따서 서가로 지어 줄게. 서치우."

딸이 아니라는 것을 확인한 그녀는 기뻤다.

"딸이었으면 서러웠을 삶에 엄마는 가슴이 아팠을 거야. 정말 다행이다."

언제부터 혼자였는지 기억에도 없을 만큼, 여자의 몸으로 고아처럼 살아내느라 고단하고 힘겨웠던 지난 삶이 떠올라 그녀는 부지불식간에 중얼거렸다. 그녀는 자신이 만약 남자로 태어났더라면 조금은 덜 힘들게 살았을 거라고 늘 생각해 왔던 터였다.

말은 알아듣지 못하겠지만, 갓난아이 아들의 귀에 그녀는 자꾸만 속삭였다.

"너는 내 아들이지만, 산신령님의 점지를 받았다. 나는 너를 거마산 자락에서 살도록 할 것이다. 너를 손가락질할 세상에 내보내지 않고 이곳에서 보호해 네가 다치도록 하지 않겠다."

거마산은 서치우의 세상이었다. 돌 하나, 나무 한 그루, 그 산속에서 사는 들짐승 하나하나, 때로 짐승의 먹이가 되어주기도 하고 때로 그들을 보호하기도 하는 숲과 그 속의 생명들과 같이 아이는 자랐다.

세상의 이치는 그 안에서 일어나는 조화로도 충분하게 깨우쳤고, 자연은 어떤 선생보다도 세상의 참 지혜를 밝혀 주었다. 아이는 선족과 인간계를 잇는 참사람으로 자랐다.

바위덕장의 중간 지점에 있는 야트막한 동굴은 서치우에게 또 하나의 집이었다. 어른 대여섯 명이 넉넉하게 둘러앉을 정도의 크기에 입구도 넓어 해가 떨어지기 전까지는 안이 어두워지지 않았다. 특히 입구가 남서쪽을 향해 있어서 잠깐이지만 안쪽까지 햇빛이 닿기도 하였다. 깊지 않은 동굴임에도 바위틈으로 물도 항상 흘러, 밖에서 놀다가 목을 축이러 동굴에 들르기도 하였다. 동굴 안에 있으면 왠지 상쾌해졌다. 산속을 돌아다니느라 지쳤다가도 동굴 안에 조금만 있으면 어느덧 기운이 차려지고, 정신도 맑아졌다.

혼자 산을 돌아다닐 수 있던 여섯 살 무렵부터, 몇 년째 드나들던 동굴의 입구에 기다랗게 드러누운 굵은 소나무. 그 중간쯤의 갈라진 부분에서 자라고 있는 나무가 그는 늘 신기했다. 그 나무는 무성하게 잎을 펼치고 자라고 있어 잎사귀에서는 은은한 향도 느껴져 신비롭기도 했다. 서치우는 대부분의 시간을 이곳에서 지냈다. 때로는 동굴에 혼자가 아닌 듯한 기운도 느껴질 때가 있었다. 하지만 그런 느낌은 그를 오히려 편안하게 해주어, 반가운 기분마저 들었다.

간혹 엄마가 굿을 하느라 며칠씩 집에 오지 못해 머을 것이 떨어져, 산속에서 날것들을 먹고 동굴에서 쉬는 날에는 그 느낌이 특히 강해지고, 다정하게 자신을 감싸는 듯이 편안해지기까지 하였다. 그때 느껴지는 기운이 마치 어머니의 품속 같았다. 동굴 공간을 채우고 있는 기운과 합일이 되는 감미로운 느낌으로….

*

지제수는 모하도의 도움을 받아 생물계의 영들을 보살피는 데 여념이 없었다. 뜻밖에도 둘은 의견이 잘 맞았다. 전생에서의 삶에서 사상적인 토대가 같은 사회를 경험한 것이 이유라고 생각되었다. 어린 시절의 불우한 환경에서 성장한 기억도 이유 중의 하나일 것이다. 광야와 사막에서 생각의 힘을 얻은 것도, 기나긴 수행과 명상으로 깨달음을 얻은 것도, 다른 종교에 의해 핍박을 받은 것도 이유 중의 하나일 것이다. 둘은 육신의 삶은 다른 방식이었지만, 정신의 생은 같은 방식이었다.

"모하도, 지금도 내가 신의 아들이 아닌 자네와 같은 예언자라고 생각하나?"

지제수가 농담처럼 물었다.

"지제수님, 사람의 육신을 가진 자에게 신의 아들은 맞지 않습니다."

모하도가 농담처럼 대답했다. 지제수는 고개를 끄덕였다.

"내가 신의 아들이라고 자칭한 것과 자네가 예언자라고 자칭한 것은,

우리의 깨달음을 세상에 전하기 위한 포장이었지. 중요한 것은 우리가 깨달음을 얻었고, 그것을 다른 이들과 공유하려 노력했다는 그것이라고 생각해."

"옳으신 말입니다. 그 노력으로 세상의 가난하고 불우한 사람들이 희망을 품고, 더 기운을 내서 살 수 있도록 만들어 놓은 것이 저는 자랑스럽습니다."

"그렇지. 믿음이라는 것이 마음에 위안을 주는 것이니까. 그 자체로 충분히 가치가 있어."

영계의 지도자 넷이 모였다.

"이렇게 자리를 마련한 것은 대책이 시급해서입니다. 사람의 영이 사라지고 있는 것에 대한 원인을 밝히고, 대책을 세워야만 합니다."

좌장 격인 석달타가 말했다.

"제가 영계에 복귀한 뒤에 동물계와 식물계의 영을 관장하면서 깨달은 것이 있습니다. 이들의 영도 또한 사람의 영 못지않게 소중합니다. 경우에 따라 사람의 영보다 더욱 가치 있는 영도 많이 있음을 저는 압니다. 그동안 영계는 사람의 영만을, 그중에서도 선한 영만을 보호했습니다. 이제 사람의 영 외에 다른 생명체의 영도 우리의 보호 체계 안에 두어야 합니다."

"지제수님이 환생하고 난 뒤에 생각이 많이 다양해지셨군요."

구자가 말했다.

"예. 환생으로 저는 더욱 많은 것을 보게 되었습니다."

"그렇지만, 우리는 사람의 영을 보호하는 일만으로도 벅찹니다."

"그래서 우리가 역할을 나누도록 하셨지요. 저는 사람의 영이 사라지는 것과 같이 다른 영들이 사라지는 것도 염려해야 한다는 뜻에서 말씀드렸습니다."

"옳은 말입니다. 지금 중요한 것은 지난 수십 년 동안 계속해서 영이 사라지고 있었고, 최근 들어서는 시리지는 영이 더욱 많아지고, 거기에 더해 이제는 사람의 영까지도 사라지는 현상이 나타나고 있다는 것입니다."

"우리 넷의 공력으로 결계를 치도록 하면 어떨까요?"

전생에 유일하게 군대를 지휘해 본 경험을 가진 모하도가 말했다. 그의 말에 석달타와 구자가 조심스럽게 지제수를 바라보았다.

"제가 환생을 다녀온 뒤로부터 제 공력이 전과는 많이 다름을 느끼고 있습니다."

지제수는 솔직하게 말했다.

"환생 전이라면 저의 공력만으로도 영계를 결계로 보호하는 데 문제가 없을 것입니다. 그렇지만 요즈음처럼 무엇인가에 영력을 잃는 때에는 점점 한계를 절감하고 있습니다."

"우선 영들이 사라지는 문제부터 원인을 파악해 봅시다. 예사롭지 않은 존재가 나타났다는 느낌이 강하게 감지되고 있습니다."

"정말 그런 이유라면 큰일이군요. 우리가 발 빠르게 움직여야겠습니다."

"예. 각자의 휘하에 있는 영들에게도 지침을 내려서 최우선 과제로 이 사태의 원인을 파악하는 데 전력을 기울입시다."

실체

*

두 부족 모두에게 불만스럽지만, 한편으로는 모두에게 다행스러운 황금 분할이었다.

"대장군! 내가 원하는 바를 이루었는데 왜 이렇게 기분이 찜찜하지?"

"족장님의 마음이 감히 헤아려집니다. 아트라하시스와 트리톤이 뜻밖의 횡재를 한 때문입니다. 그것은 족장님의 잘못이나 부족함이 아니라고 저는 생각합니다. 지금처럼 티탄족을 잘 통치하시면서 때를 기다린다면 분명히 족장님께 영광스러운 날이 올 것을 저는 믿습니다."

"아트라하시스도 족장이 되고, 부족 이름을 눈족으로 정했다니, 이제 달에는 두 부족이 경쟁을 하며 지내겠군. 우리 부족의 영 포획 장비 알마스가 사람의 영을 포획하는 데도 아무 문제가 없다는 보고는 매우 다행스럽구나."

"사람의 영도 다른 생명체의 영과 다름이 없어서 사용이 원활합니다. 부족원들도 처음에는 사람의 영을 먹는 것을 기피하더니 이제는 오히려 사람의 영을 선호하기도 합니다. 다만 한 가지 아쉬운 점은 같은 사람의 영도 무척 다양하다는 점입니다."

"무슨 말인가. 사람에도 종류가 많다는 뜻인가?"

"지구의 최상위 포식자 사람은 단일종입니다. 그런데 지능이 뛰어난 종이라 매우 다양한 생태를 보입니다. 사람은 다른 생명체와 달리 동족을 해치기도 하고, 스스로 죽기도 합니다. 그리고 소수지만 일부는 높은 지적인 능력을 보이며, 고도의 수련도 합니다. 그래서 영이 가지는 영양가가 엄청난 편차를 나타냅니다."

"신기한 생명체로군. 마치 과거 선족 조상이 진화하기 전의 생태와 비슷하다고 보면 이해가 빠르겠군."

"매우 적절한 말씀이십니다. 제 소견으로는 사람도 오랜 세월 진화의 과정을 잘 이겨낸다면, 일부는 우리 부족들과 같은 진화 과정을 거칠 수도 있어 보입니다."

"눈족은 사람의 영을 먹지 않는 습성을 계속 유지한다지. 대장군은 앞으로도 영양이 풍부한 사람의 영을 더 많이 포획해서 우리 티탄족이 융성해지도록 더욱 힘쓰도록 하여라."

*

"다행히도 우리가 티탄족과 식량을 두고 다투지 않아도 되는군요."
아트라하시스가 트리톤 대장군에게 말했다.

"예, 족장님. 우리 부족이 굳이 사람의 영을 먹지 않아도 지구에 있는 식량은 충분하다고 생각됩니다. 동물의 영 중에도 양분이 풍부한 품종이 꽤 많습니다. 그리고 지구에는 수명이 수천 년이나 되는 나무들이 많은데, 의외로 그 영들의 양분이 알찹니다. 일부는 웬만한 사람의 영보다 영양이 풍부하기도 합니다."

"우리 눈족이 티탄족과 부딪칠 일이 없는 것이 참 다행입니다. 사실상 같은 부족인데 평화롭게 지내면 좋지요."

"그렇습니다. 하지만, 두 부족 간에 힘의 균형이 깨지거나. 다른 변수가 생긴다면 티탄족의 족장 크로노스나 히페리온 대장군은 우리 부족을 넘볼 것입니다."

"나도 그렇게 생각합니다. 전에 대장군이 개발한 무기 바리사다를 티탄족도 생산하고 있다고 들었습니다. 대장군께서 힘들겠지만, 바리사다를 능가하는 새로운 무기를 비밀리에 개발해 주세요. 그래야 우리 눈족이 안전할 것입니다."

"족장님의 명을 받들겠습니다."

*

지제수의 말은 미묘한 파장을 일으켰다.

"지제수가 이번에 환생을 경험한 뒤로 많이 변한 듯 여겨집니다."

근심스러운 낯으로 석달타가 말했다. 모든 생명이 윤회한다고 가르쳤었지만, 그중에도 사람의 영을 얻는 것이 가장 가치 있는 윤회의 정점이기에 다른 생명체와 가치가 같을 수 없다는 것이 그의 생각이었다. 그래서 동물 영이나 생물 영을 먼저 보호하겠다는 지제수의 주장은 납득하기 어려웠다.

"지제수가 영계에서 차지하는 역할이 지대한데 생각이 달라서 걱정입니다. 더구나 사람의 영이 사라지는 원인을 아직 알지도 못하는데 영계가 분열될 조짐마저 일어나는군요."

구자도 한숨을 푹 쉬며 말했다.

"그가 환생하고 지낸 시간이 매우 짧았음에도 사람에 대한 실망과 좌절이 굉장히 컸었나 봅니다. 그것이 전생의 기억과 맞닿아 더욱 큰 영향을 끼친 것으로 보입니다."

"석달타님은 설마 지제수가 흑화되고 있다는 생각을 가지는 것은 아니지요?"

자신의 물음에 묵묵부답인 석달타를 보며, 그도 역시 같은 의혹을 가지고 있음을 느꼈다.

'머잖아 영계에 큰 불행이 닥치겠구나.'

지제수가 동식물의 영이 사라지는 원인의 실마리를 찾았다.

"모하도, 그동안 우리는 동식물의 영이 사라지는 것에 대하여 깊이 고민하지 않고 소멸이 되는 것으로만 생각했었지요. 아니었습니다. 알지 못하는 존재들이 잡아가고 있었습니다. 어쩌면 사람의 영도 그 존재들이 잡아가는 것 같습니다."

"지제수님, 그렇다면 그 존재들이 영들을 잡아가는 이유가 있지 않을까요?"

"그 존재의 정체를 알지 못하기 때문에 영을 잡아가는 목적도 알 수는 없지요. 영들의 기운을 뽑아 무엇엔가 쓰려는 것인지, 또는 다른 꿍꿍이가 있는 것인지. 우리가 힘을 합쳐서 영들이 사라지는 현장을 잡아 봅시다."

지제수는 몸을 떠난 영들이 모이는 볼텍스를 눈여겨보았다. 지구상에는 수많은 볼텍스가 존재한다. 모든 생명체의 영들은 그들이 사용하던 몸을 떠나는 즉시 가까운 볼텍스로 이끌리거나 다가간다. 그들은 세도나 볼텍스에 잠복했다.

"미지의 존재들도 이곳에 영들이 모여드는 것을 잘 알고 있어서 시간이 지나면 반드시 기척을 파악할 수 있을 겁니다."

멀리에서 많은 영들이 유연한 흐름을 보이며 마치 블랙홀에 흡수되는 물질들처럼 평화롭게 볼텍스를 향하고 있었다.

"이곳에는 나타나지 않으려나. 다른 곳으로 가 보시지요."

"잠깐만요. 저기를 보세요. 모여드는 영들의 움직임이 다른 곳과 조금 다릅니다."

이상했다. 영 하나가 마치 덫에 걸려 들어간 뒤 놀라는 짐승처럼 잠시 독특한 움직임을 보이더니 곧바로 움직임을 멈췄다. 더욱 이상한 것은 앞에 있던 영의 특이한 움직임에도 눈치채지 못하고 뒤를 따르는 영들이 놀라거나 회피를 하지 않는다는 점이었다.

"저 영들이 무슨 주술에라도 걸린 것 같은 움직임을 나타내고 있군요."

"저곳에 보이지 않는 어떤 장치가 있는 것으로 보이네요. 잡은 영들을 거두기 위해 미지의 존재가 곧 나타날 것 같습니다."

그리 오랜 시간이 필요하지 않았다. 반투명의 물체가 유영하듯 영들이 갇힌 장치에 다가섰다. 그 물체는 지제수와 모하도에게마저 희미하게 보일 정도의 것이어서, 영력과 깨달음이 낮은 일반 영들에게는 투명하게 투과되어 눈앞을 스쳐도 알아채지 못할 정도였다.

"해파리 같은 저것이 무엇일까요?"

모하도의 말에도 지제수는 넋을 잃고 바라보며 중얼거렸다.

"세상에 저런 것이 존재하고 있다니!"

잠시 뒤 두 영은 정신을 차렸다. 동식물 영으로 가득 찬 포획망을 들고 반투명의 존재가 떠나고 있었다. 두 영은 포획망 속의 영들을 구해내려고 그 존재를 공격했다. 그렇지만 그들에게 부딪친 것은 단단하고 강력한 표면이었다. 부드럽고 물렁할 것으로 보이는 반투명의 존재는 보이는 것과 달리 매우 단단한 물체였다. 당황한 두 영과 마찬가지로 그 존재도 몹시 당황하는 듯이 보였다. 양측이 갈피를 잃은 순간도 잠시, 포획망을 든 존재가 허공으로 사라졌다. 두 영은 추격할 엄두를 내지 못하고 망연자실했다.

눈앞에서 벌어진 영들이 포획되는 현장! 2천 년을 영계에 머물렀지만, 지금 눈앞에서 벌어진 일처럼 황망한 경우는 처음이었다. 두 영은 급히 영채로 돌아갔다. 시급하게 모여서 상황을 전파하고 대책을 세워야 했다.

영채에 비상 회의가 소집되었다. 일 갑자 이상의 공력을 가진 모든 영들이 소집되었다. 회의를 주관하는 석달타가 입을 열었다.

"우리가 그동안 가졌던 '사라지는 영'에 대한 의문을 오늘에야 풀 단서를 잡았습니다. 지제수님이 모하도님과 함께 직접 확인한 일을 발표하도록 하겠습니다. 발표가 끝나고 나면 이 자리에 모인 모두의 지혜를 모아 이 사태에 대응할 방법을 찾아내도록 합시다."

"그 미지의 존재는 해파리와 같이 우리와 비슷한 형상으로 흐느적거리는 듯 보였으나, 부딪혀 본 결과는 갑각류의 껍질과 같은 단단함이 있습니다. 이 미지의 존재가 영계의 영을 포획망으로 잡아가는 현장을 보았지만, 우리 두 영의 공력으로도 제지할 수 없을 만큼 강력한 저항을 하며 사라졌습니다. 우리가 해결해야 할 과제는 그 존재의 정체와, 그 존재들이 포획해 간 영들을 어디에 사용하는 것인지 알아내야 하는 것입니다."

장내가 소란스러워졌다. 미지의 존재에 대한 두려움과, 생명체의 영

중에 가장 공력이 강한 두 영의 힘으로도 막지 못한 존재라는 말에 충격을 받은 것이다.

"위대하신 4대 선지자 영들이시여! 그렇다면 이제 영계에 멸망이 시작되는 것입니까?"

누군가가 절망적으로 울부짖었다. 그렇지만 그 누구도 선뜻 대답을 할 수가 없었다.

채집을 다녀온 채집관이 서둘러 트리톤 대장군을 찾았다.

"대장군, 사람의 영 중에 우리를 알아보는 존재가 있었습니다."

"채집관, 그 무슨 당치도 않은 말이오. 지구의 영이 어떻게 우리의 존재를 본단 말이오."

그는 오늘 있었던 일을 소상하게 말했다.

"제가 잠시 그 영도 포획하려고 생각했습니다. 그렇지만 강력한 기운을 가지고 있어서 서둘러 도망치듯 돌아와야 했습니다."

"그 말은 사람의 영 중에 우리 선족과 같은 경지에 오른 영들이 있다는 뜻이다. 이것은 우리 부족에게 매우 위협적인 사건이다. 급히 대책을 세워야 한다."

충격적이었다. 사람의 영은 아직 미개하여 수십만 년이 지나야 선족과 같은 진화를 이룰 수 있는 종족으로 여겼다.

그는 서둘러 아트라하시스를 찾았다. 대장군의 보고를 들은 그는 문득 동굴에서 있었던 일이 떠올랐다. 그곳에서 만난 사람은 분명히 미개했고, 특별한 능력을 가지지 못한 종족이었다. 그리고 지구에서 숨어 지낼 때 보았던 생명체들 중에도 그런 정도의 능력을 가진 다른 종을 본 적이 없었다.

"채집관의 말이 사실이라고 하더라도 돌연변이로 나타난 아주 소수의 사람 영일 것이오. 그렇지만 가볍게 여길 일은 아니오. 그 정도의 능력을 가진 영이라면 앞으로 우리들에게 방해가 될 수도 있는 일일 것이오."

"족장님, 지구에 있는 생명체의 영 중에서 사람의 영이 가장 폭넓은 스펙트럼을 보인다는 사실을 간과해서는 안 됩니다. 그 의미는 그들 중에는 강력한 능력의 영이 존재하고, 앞으로 더 강력한 영이 나타날 수도 있다는 것이기도 하기 때문입니다."

"대장군의 말이 일리가 있소."

아트라하시스는 이 일이 부족의 앞날에 어떤 영향을 끼칠지 가늠이 되지 않았다.

'불안해할 일도 아니다. 지구의 영들은 아직 미개하다.'

그는 애써 마음을 평온하게 하고자 노력했다.

"지제수님이 부득이 7망성형을 다시 펼쳐주셔야겠습니다."

영채의 비상 회의는 아무런 성과를 얻지 못했다. 오히려 불안감만 키워놓은 모양새였다. 석달타의 요청에도 그는 말이 없었다. 얼굴에는 갈등이 확연했다.

'사람의 영에 대한 보호 가치가 없다는 내 생각에 변함이 없다. 그럼에도 내가 부족해진 내 공력을 모두 쏟아 부어 7망성형을 전개시켜야 할까. 크게 무리를 하면 7망성형이 가능할 것이지만, 그러다가 내가 소멸할지도 모른다. 6망성형만으로도 동식물의 영을 보호하는 것은 충분하다. 내게는 7망성형이 필요하지 않다.'

"석달타님, 제가 공력이 약해져서 7망성형을 펼치는 것은 이제 불가능할 듯합니다."

그는 우회적으로 핑계를 댔다. 솔로몬의 별로 불리는 5망성형은 '우주의 기'를 육신으로 불러 내린다. 그보다 강력한 다윗의 별로 불리는 6망성형이 있다. '악령방지의 호부'로도 불린다. 이를 뛰어넘는 7망성형의 결계를 지제수의 강력한 영력으로 위기가 닥칠 때 펼쳤었다. 지금 석 달타는 영계의 위기를 타개하려는 바람으로, 가치 없는 사람의 영까지도 보호하고자 자신의 헌신을 요구하고 있다.

'그렇게까지는 하고 싶지 않아, 진심으로.'

"그렇지만 지금은 형편이 절박하니 필요할 경우에만 잠깐씩이라도 7망성형을 전개하는 것으로 하겠습니다. 하지만, 그리 오래 하지는 못합니다."

지제수가 마지못해 말했다. 어색한 분위기를 무마하려고 구자가 입을 열었다.

"지금 당장 영계에 위기가 닥친 것은 아니니, 지제수님의 말대로 하고 시간을 두고 논의하시지요. 우선은 영계의 모든 역량을 모아, 지제수님이 만난 존재에 대한 정체를 알아내는 일이 시급합니다."

"제 생각에도 그것이 가장 급선무라고 생각합니다."

모하도가 말을 이었다.

"그럽시다. 우리 넷이 수하의 제자 영들을 모두 모아서 탐문을 하고 조사를 하면 그것의 정체를 밝히는 일은 오래 걸리지 않을 것입니다. 우선 정체부터 밝힙시다."

이견이 있었음에도 다행스럽게 결론이 도출되었다. 그렇지만 불안정한 봉합이었다.

묘화는 아들이 몹시 걱정스러웠다.

'내가 치우를 산중에 홀로 자라게 둔 것이 문제였을까?'

그녀는 자연이 모든 것을 가르친다는 신념에 아직 변화가 없다. 수많은 명사유곡을 찾아다니며 치성을 드리며 산 그녀다. 세상에 부대끼고 살다가도 그곳들을 찾아 치성을 드리면 마음에 가득 차오르는 맑은 기운으로 온몸의 혈맥마저 한바탕 울렁였다. 그녀에게는 세상보다 자연이 참 선생이었다. 그렇지만 '치우에게는 그렇지 않은 것일까?' 하는 염려가 생겼다.

"엄마, 허공에서 이상한 것이 영들을 잡아가요."

12간지가 한 바퀴 돌아 12살이 되던 해의 어느 날, 아들이 그녀에게 한 말이다. 신묘한 영들과의 교감으로 사람의 앞일을 내다보는 그녀로서도 납득이 가지 않는 말이었다. 그녀는 아들이 아직 신접을 하지 않았고, 박수로 살게 하고 싶지도 않았다. 그래서 그녀로서는 더욱 납득이 되지 않고, 납득하고 싶지도 않은 일이었다.

"신령님! 치우를 보살펴주소서. 아들에게 헛것이 보이고 있습니다."

부지불식간에 말을 내뱉은 그녀는 속으로 흠칫 놀랐다.

'산신령님이 점지하신 인연으로 생긴 자식이라 혹시 보이는 것이 남들과 다른 것인가.'

그녀에게 자신은 알 수 없는 아들의 앞길이 얼핏 느껴졌다.

영계는 지구에 있는 모든 볼텍스를 감시하기 시작했다. 오래지 않아 모든 볼텍스에서 미지의 존재가 관측되었다. 그제야 얼마나 많은 수의 영들이 사라지고 있을지 가늠되었다. 그렇지만 아직 미지의 존재가 잡아간 영을 무엇에 이용하는지 알 방법이 없었다. 그리고 미지의 존재를 물리칠 방법도 알 수 없었다. 무엇보다 시급한 것은 영계에 퍼지는 필요 이상의 공포심을 잠재우는 것이었다.

"일 갑자의 영 수천이 모여도 십 갑자의 영력을 달성하지 못하듯이, 영계 전체가 모여도 6망성형을 이루지 못합니다. 마찬가지로 우리 셋 선지자 영이 모여도 7망성형을 이루지 못합니다. 이제 지제수님마저 공력이 감소하여 7망성형을 이루지 못한다고 하시니, 제가 공력을 모아 6망성형을 유지한다면 한동안은 영계를 지켜낼 수 있을 것입니다. 그리고 새로 생겨난 영들이 볼텍스에서 영계로 진입하는 과정에 대한 보호망은 구자님과 모하도님이 맡아주셔야 합니다."

석달타가 간곡하고도 간절하게 호소했다. 그렇지만 지제수의 표정에 변화가 생기지 않았다. 그저 약간의 끄덕임으로 공감을 나타냈다. 그는 마뜩지 않았지만 어차피 동식물의 영도 보호하는 방안이기에 동조를 한 것으로 보였다. 완전한 대책은 아니었지만 응급 처방은 이루어졌다. 우선 영계를 방어하고 영계에 들일 가치가 있는 새로운 영들을 분별하여 영계로 인도하는 필수 과정에 대한 기본 조치였다.

짧은 시간 사이에 티탄족에는 사람 영을 찾는 부족원이 급증했다.
'소량만으로도 효율적인 양분 섭취원이다.'
크로노스는 정책적으로 사람의 영을 섭취하도록 유도하려는 목적으로, 포획된 영들 중에서 스펙트럼으로 불량인 영은 선별하여 고품질의 영만 공급하였다. 그 결과 부족원들에게 사람의 영이 동식물의 영과 비교가 되지 않는 효과가 있다는 소문이 퍼져, 처음에는 섭취를 꺼렸던 티탄족의 일부 부족원들조차 이제는 사람의 영을 섭취하고자 원하게 되었다.

이런 마당에 사람의 영 수급에 문제가 생겼다는 히페리온의 보고는 크로노스를 몹시 불편하게 만들었다.

"대장군, 이제 겨우 부족원들이 사람 영에 익숙해지고 있다. 우리 부족을 빠른 시간 안에 강하게 만들려면 계속 양질의 영을 공급해 줘야 한다. 그래야 눈족의 족장 아트라하시스를 제거할 길이 생긴다. 알마스에 문제라도 생긴 것인가?"

그는 영 포획 장비인 알마스가 사람 영을 포획하는 데 성능이 부족한지를 염려했다.

"여전히 알마스는 훌륭한 포획 도구입니다. 우리 부족에 의해 지구의 영들이 포획당하자 영들이 스스로 자구책을 세운 것으로 보입니다. 포획이 불가능할 정도는 아니지만, 상당한 저항을 겪고 있다는 보고입니다."

"그 정도의 저항이라면 이겨내야 하는 것이다. 어떤 생명체라도 소멸 앞에서는 당연히 최대한 저항한다. 그 저항을 이겨내는 것이 또한 천적 아닌가. 다른 생명체를 먹이로 삼는 것은 그 생명체에게는 천적이다. 우리 티탄족은 사람 영의 천적이 되는 데 익숙해져야 한다. 전략을 세우든, 기술을 익히든, 알마스를 효과적으로 사용하거나 개조하든 극복해 내야만 우리 부족에게 희망과 미래가 있다."

그에게는 아트라하시스를 넘어서고자 하는 욕망이 꿈틀거렸다. 차남이 아버지의 사랑을 독차지하는 장남을 극복하기 위해 끊임없이 노력하는 것과 같은 마음이었다.

여느 날과 마찬가지로 서치우는 거마산 중턱에서 자연이 주는 지혜를 배우고 그 속에서 생명체들과 소통하고 있었다. 열다섯 해의 길지 않은 시간임에도 자연은 그를 완성시켜 주었다. 생명체의 존재가 갖는 가치와 의미를, 먹잇감에게도 가지는 경외와 존중과 감사를 배우고, 허투루지 않게 먹이를 소비하여 자연의 질서를 유지하는 지혜를 익혔다.

목마름을 느낀 그는 여느 때처럼 산중턱에 있는 동굴을 향했다. 동굴 근처에 이른 그의 코끝에 문득 감미로운 향이 감돌았다.

'이게 무슨 향기지?'

거부할 수 없는 향의 유혹을 따라 그는 땅으로 길게 드리운 채 자라고 있는 소나무 근처에 다다랐다. 신체적으로 어른과 다름없게 성장한 그의 아름으로도 세 아름은 너끈한 소나무가 땅으로 비스듬하게 중간 부분을 활처럼 부풀린 채 늘 보던 모습으로 누워 있는데, 그 중간쯤에 갈라진 틈으로 자란 나무에서 풍겨 나오는 향이었다. 어서 오르라는 듯 누워 있는 소나무를 오르던 그는 나뭇가지 속에서 옅은 보라색으로 익은 탐스러운 열매 한 개를 발견했다.

'복숭아 같은데!'

마침 갈증을 느끼던 참이었다. 그가 손을 뻗자 복숭아는 기다렸다는 듯이 그의 손에 똑 떨어졌다. 두 손으로 받쳐 들어야 할 만큼 커다란 열매는 지금까지 거마산 자락이 그에게 베푼 과일 중 가장 향기롭고 탐스러웠다. 완숙된 과육이 주는 부드러운 맛과 향에 취하여 남김없이 먹고 나자 문득 씨가 없다는 생각이 들었다.

'복숭아와 똑같은데 씨가 안 들었네. 이상한 일이다.'

그렇지만 서치우는 더 깊이 생각할 수 없어졌다. 쏟아지는 잠을 주체할 수가 없어 그대로 쓰러질 것만 같았다.

'갑자기 왜 이렇게 졸린 거지.'

서치우는 서둘러 동굴 안으로 기어들다시피 들어갔다. 무의식 지경으로 동굴에 들어선 그는 그대로 무릎이 꺾이며 쓰러지고 말았다. 그 순간 그의 정수리에서 하얀 기운이 연무처럼 피어올라 동굴 안의 물속으로 향했다. 그와 함께 동굴의 물에서도 수증기가 피어오르기 시작했다. 그 수증기가 동굴 안을 가득 채웠다. 가쁜 호흡에 힐떡이던 그의 몸에 숨결이 잦아들자, 헤벌어져 있던 입속으로 수증기들이 밀려들어가기 시작했다. 동굴의 수증기가 모두 그의 몸으로 흡수되었지만 그는 아직 의식을 찾지 못했다.

묘화는 아들을 찾아 나섰다. 벌써 이틀이 지났지만 아들은 집에 돌아오지 않았다.

'분명 치우에게 무슨 일이 생긴 거야.'

큰 산이었지만 사람에게 해를 입힐 동물들은 없는 곳이다. 외진 곳에서는 때로는 짐승보다 사람이 더 위험한 법이다. 사람의 왕래가 거의 없는 산이었지만, 때로는 등산객이 나타나기도 했었다. 사람과 지낸 일이 없는 아들이어서 엄마는 걱정이 더 컸다.

'어쩌면 분홍 독뱀에 물렸을지도 몰라.'

뱀에게 당한 기억이 있던 그녀다. 그녀에게 아들은 나이 열다섯의 어린애일 뿐이다. 생각이 많아질수록 마음은 급해지고, 발걸음은 자꾸만 더 헛디뎠다. 경황없이 걷던 그녀의 발에 다래나무 넝쿨이 걸렸다. 그녀는 비명을 지르며 계곡으로 굴러 떨어졌.

그녀의 비명 소리가 자극이라도 된 것일까, 바로 그 순간 서치우의 눈이 떠졌다. 의식을 잃은 지 얼마나 시간이 지났는지 알 길은 없지만, 동굴 밖이 어둑어둑해지고 있었다. 급히 일어서던 그는 동굴의 천장에 머리를 충돌할 뻔했다. 몸이 솜털 같았다. 약간의 힘으로도 몸은 튕기듯

솟구쳤다. 어두워지는 숲은 사방이 거뭇거뭇해서 방향 감각을 찾기 어렵고 제대로 된 시야를 확보하기가 어렵다. 그렇지만 그에게는 마치 커다란 서치라이트라도 밝혀진 듯 시야가 또렷이 보였다. 서치우는 몸이 이전과 확연하게 달라졌음을 느꼈다.

'내 몸이 달라졌어. 왜일까?'

그러나 그 이유를 알아내는 것보다 조금 전에 들은 누군가의 비명이 들려온 곳을 찾는 것이 더 시급했다.

'이 산속에, 이 시간에 등산객이 있을 리 없어. 내가 늦게까지 오지 않으니 분명히 엄마가 나를 찾아 나선 거야.'

그는 자신이 불과 몇 시간 동안 동굴 안에서 잠든 것으로 생각하고 있었다.

그는 예리해진 청각과 시각으로 오래지 않아 묘화를 찾아냈다.

"엄마, 어디 봐. 많이 다쳤어?"

묘화는 바람처럼 빠르게 자신에게 다가오는 아들이 낯설었다. 분명 모습은 아들인데 풍겨 나오는 기운이 예사롭지 않아서였다. 그 기운은 묘하게도 그녀를 다독이는 듯했다. 무엇인지 확실하게 알 수는 없지만 오랫동안 기다려온, 그리운, 간절한 따스함이었다.

"엄마가 대답도 못하는 것을 보니 많이 다쳤구나."

그는 서둘러 상처를 살폈다. 얼굴에 나뭇가지들로 긁힌 상처와 팔에 출혈과 다리에 부상이었다. 그런데 왼발의 방향이 이상했다.

"엄마, 왼발이 부러져서 방향이 돌아가기까지 했어."

그렇지만 그녀는 아들의 낯선 모습과 기분 좋은 기운에 정신이 팔려 아픔도 잊고 있었다.

서치우는 본능적으로 엄마의 다리에 손을 얹었다.

"아이 뜨거워."

묘화는 아들의 손이 상처에 닿자, 불에 데기라도 한 듯 비명을 질렀다.

"엄마, 내 손이 그렇게 뜨거워?"

그는 얼른 손길을 거두었다. 그러자 묘화가 다시 아들의 손을 다리에 얹었다.

"몹시 뜨거운데 한없이 상쾌해."

그녀의 몸은 십수 년 전의 기억을 아직 간직하고 있었다. 그때는 무엇인지 모를 황홀경을 느꼈는데 지금은 상쾌하고 시원했다. 하지만 그 기운의 정체는 같은 것이었다.

"네게서 어떻게 이런 기운이 나오니?"

그녀는 다리와 몸의 상처들에서 통증이 사라지는 것을 느끼며 말했다.

"엄마, 나도 모르는데 엄마 몸의 상처들이 나아 가고 있어. 다리도 다시 제자리로 돌아오고."

서치우는 낮에 있었던 일을 엄마에게 말했다.

"복숭아처럼 생긴 씨가 없는 과일을 먹었는데 졸려서 한나절 넘도록 동굴에서 잤나 봐. 그런데 갑자기 엄마의 비명 소리에 눈이 뜨이고, 곧바로 달려온 거야."

"몇 시간이라고? 너는 이틀이나 집에 안 들어왔어. 오죽하면 내가 너를 찾아 나섰겠니. 그리고 동굴이라니? 그곳이 어디야. 엄마도 옛날에 거기에 한 번 갔었는데 아무리 찾으려고 해도 못 찾았거든."

"이미 어두워졌어. 오늘은 집에 갔다가 내일 같이 가 보자."

그는 묘화를 번쩍 안아들었다.

"엄마가 이렇게 가벼웠었어?"

마치 빈 포대 자루를 들어 올리듯 자신을 가볍게 안아드는 아들이 그녀는 신기했다.

"분명히 네게 이상한 일이 생겼구나."

"엄마, 나도 몸이 이상해진 것이 느껴져. 이렇게 어두운데도 내 시선이 닿는 곳은 다 보여. 그리고 소리도 엄청 잘 들리고, 엄마를 안았는데도 하나도 힘이 안 들어. 그 복숭아가 내 몸을 이상하게 만들어 놓았나 봐."

그녀에게는 아들의 자랑이 온통 알 수 없는 것들 투성이였다. 아들은 그 변화가 이상한 과일 때문이라고 말했지만, 그녀는 그 동굴이 더 궁금했다.

'내가 거기에서 네 아버지를 만났었다.'

아들에게 차마 말할 수 없는 그녀는 내일 꼭 다시 가 보리라 다짐했다.

다음 날, 묘화는 아들을 앞세우고 동굴을 찾았다. 아들은 그녀가 그토록 찾으려고 애썼던 일이 무색하리만치 쉽게 그곳에 도착했다.

"이게 뭐야. 집에서 얼마 멀지도 않은데 나는 왜 그렇게 못 찾았을까?"

너스레를 떨듯 말하며 동굴에 들어서는 그녀는 사실은 바짝 긴장하고 있었다.

'꿈인 듯 여기며, 마음속의 소중한 기억으로 간직해 온 이곳에 다시 오다니!'

맑은 정신으로 다시 찾은 동굴은 그녀의 눈에도 신묘한 기운이 가득했다.

"근데 엄마가 여기에 언제, 왜 왔었어. 그리고 한 번 왔었는데 왜 여기를 못 찾아? 찾기 어렵지 않잖아."

"엄마는 분홍 독뱀에 물려서 정신을 잃기 직전에 여기에 들어왔어. 그런데 누군가가 나를 살려주었고, 너를 얻게 된 거야. 나는 그 존재를 산신령님이라고 믿고 있어. 지금 이곳에 다시 와 보니 정말로 영험한 곳이구나. 나는 여기를 다녀간 뒤로 엄청나게 영험한 무녀가 됐단다. 그래서 더 여기를 찾고 싶어 했어."

"나도 여기에 있으면 무척 좋아서 거의 매일 왔거든."

모자에게는 각각 다른 의미로 소중한 동굴이었다.

두 사람은 동굴 밖으로 나와 집으로 향했다. 멀리 거마산 중턱에 구름이 걸려 있었다. 눈을 반쯤 감고 멋진 경치를 감상하던 서치우의 눈에 바위틈 사이로 쓰러진 짐승 같은 형상이 눈에 들어왔다.

"엄마, 저 위쪽 바위에 뭔가 있어요."

아들이 손짓하는 방향으로 고개를 돌린 묘화에게도 희미한 형상이 눈에 들어왔다.

"무엇인가 상처를 입은 것이 있는 것 같구나. 가 보자."

모자는 서둘러서 바위틈에 도착했다. 사람의 형상이었다.

"어디를 다치셨나요? 어떻게 도와드릴까요."

신음을 하고 있던 형상이 정신을 수습하고 두 사람을 보더니 깜짝 놀랐다.

"당신들은 살아 있는 사람 아닙니까? 어떻게 나를 본단 말이오."

모자는 서로를 마주보았다. 스러질 듯 창백한 존재가 하는 말이 이해가 되지 않았다.

"엄마, 사람이 아닌 것 같은데 우리에게 말을 하고 있어. 부상이 심해 그냥 두면 죽을 것 같기도 하고. 어쩌지?"

묘화에게는 그 형상이 산신령처럼 느껴졌다.

"우선 동굴로 데려가자. 엄마 생각에는 동굴이 아주 신령스러운 곳이라 도움이 될 듯하다."

서치우는 그 형상을 안아들었다. 너무 가벼워 마치 허공에 팔을 뻗고 있는 것처럼 생각되었다. 동굴에 들어온 지 서너 시간이 흘렀다. 데려온 형상의 윤곽이 더 뚜렷해졌다.

"고맙습니다. 이유를 알 수 없지만, 무엇인가가 내게 기를 보충해 주고 있군요. 이제 기운을 차릴 수 있겠어요."

"다행입니다."

"아까도 내가 두 분께 말한 것으로 생각되는데, 분명히 살아 있는 사람이신 두 분이 어떻게 나를 보고 있는지 이해가 되지 않습니다."

모자는 역시 무슨 말인지 몰라서 서로 얼굴만 마주보았다.

"나는 죽은 사람의 영입니다."

"그럼 내가 혼백을 보고 있고 혼백과 말을 하고 있다는 겁니까?"

묘화가 소스라치며 말했다.

"그래서 내가 이해를 하지 못하는 것이지요."

모두에게는 이 상황이 정리될 시간이 필요했다. 셋은 한동안 아무 대화도 없이 앉아 있었다.

묘화는 얼마 전에 아들이 했던 '이상한 것들이 영을 잡아간다.'던 말이 기억났다. 그때는 신령님이 점지해 준 아들이라 그런가 하는 생각이 얼핏 들었었다. 그런데 지금 자신이 죽은 사람의 혼령과 이야기를 하고 있는 것이다. 그녀가 아무리 심산유곡을 찾아 치성을 드리고, 사람들에게 점을 쳐주는 무당이지만, 세상에 이런 일은 가당치 않은 것이다.

'내가 많이 허해졌거나, 큰 신이 내게 내린 것이 분명해.'

그렇지만 생각해 보면 아들 서치우가 어제 그녀를 치료해 준 이후부터 무엇인가 많은 감각들이 새로워졌다.

'내 아들이지만 범상치 않아. 어떤 기운을 아들이 내게 불어넣었구나. 치우도 그것이 무엇인지 모르고 있겠지만! 분명 내가 신령님이 점지를 받은 거야.'

"나는 살아생전에 끊임없이 심신을 수련해서 일 갑자의 공력에 도달한 수도자입니다. 이제 그 공력으로 영계에 들어가려고 이곳으로 왔는데, 어떤 알 수 없는 존재가 마치 덫을 놓아 짐승을 잡아들이듯이 나를 포획하려 했어요. 다행스럽게도 내게 약간의 공력이 있어 도망을 쳤지만, 이렇게 심하게 내상을 입고 쓰러졌는데, 두 분께서 나를 이 동굴로 데리고 온 덕에 다시 살아났습니다. 그런데 이 동굴은 정말 신묘하군요. 기가 충만해 있습니다. 그리고 두 분에게서 느껴지는 공력이 대단하십니다. 더구나 아드님의 기운은 수천 갑자는 능히 될 듯 고강하군요. 문파 하나를 충분하게 이끌 내공이십니다. 존경스럽습니다."

기력이 회복된 자칭 죽은 사람의 영이 말했다. 그의 말에도 두 사람은 영문을 알 수 없어서 아무 대꾸를 하지 못했다.

"이제 동굴을 나서면 어디로 갈 예정입니까."

"이곳 거마산은 강한 기가 모이는 곳으로 '볼텍스'라고 합니다. 볼텍스를 통해야만 영계로 들어갈 수 있으므로 죽음을 맞이한 모든 생명체의 영들은 세계의 곳곳에 있는 볼텍스로 모여듭니다. 제가 살아 있는 동안 많은 연구를 통해서 알아낸 것들이지만, 미지의 존재는 전혀 예상 밖입니다. 거마산에 아직 미지의 존재가 있어 위험합니다. 제 생각에는 잘 알려지지 않은 거마산 볼텍스마저 미지의 존재가 노리고 있다면 이제 안전한 곳은 없습니다."

"그러면 가실 곳이 없군요."

"만약 허락하신다면 이 동굴에 숨어 지내면서 기회를 엿보고 싶습니다."

"엄마, 이분이 여기 계셔도 되겠지요?"

맞닥뜨린 현실의 혼란스러움에서 벗어나지 못하고 생각에 잠겨 있던 묘화는 아들의 말에 퍼뜩 정신을 차렸다.

"그럼 여기에 있어도 되지. 이곳이 마음에 드시는 것 같은데."

"감사합니다. 제 이름은 자명입니다. 두 분의 공력이 저보다 훨씬 뛰어나시니 저를 수하로 거두어 주십시오."

"제 나이 불과 열다섯입니다. 그런 말씀은 제게 과분합니다."

"불가사의한 일이군요. 그 나이에 무슨 인연이 닿아 이렇게 높은 경지의 공력을 얻을 수 있었는지! 하지만, 영의 세계에서 나이는 아무 의미가 없습니다. 높은 공력이 있어야 자신보다 공력이 낮은 영들을 보호할 수 있습니다. 바꿔 말하면 공력이 낮은 영들은 공력이 높은 영의 보호가 필요합니다. 그래서 따르고 싶어 합니다. 저도 마찬가지입니다. 허락해 주신다면 앞으로 주군으로 모시겠습니다."

자명이 서치우 앞에 엎드렸다.

"어찌 이러십니까."

서치우가 어쩔 바를 몰라 했다. 너무 많은 일들이 갑자기 벌어져서 혼란스러웠다. 그렇지만 땅에 엎드린 자명은 꿈쩍도 하지 않았다. 허락을 받을 때까지 움직이지 않을 기세였다.

영계의 노력으로 점점 미지의 존재에 대한 정체가 드러나고 있었다. 그렇지만 공포와 불안은 더욱 가중되었다. 정체마저 불분명한, 극복할 방법도 알 수 없는 강력한 포식자. 세상의 모든 영들이 새로 나타난 포식자의 한갓 먹잇감이 될 것이라는 사실은 감당하기 힘든 두려움이었다. 특히 사람의 영들은 패닉 상태에 빠졌다.

"사람들은 지금까지 지구상에서 최상위 포식자인 줄 알고 살았는데 갑자기 먹이가 된다고 하니 감당이 안 될 것입니다."

"이제 모든 영들이 그나마 안전하다고 여기는 영계로 들어오려고 몰려들 것입니다. 영계에 대혼란이 불가피합니다."

"영계에 들어올 자격이 있는 영들에 대한 기준이 필요합니다. 혼란을 피하려면 영을 선별해서 받을 수밖에 없습니다."

"그것은 너무 잔인한 일입니다."

"그렇지만 현실을 생각해야 합니다. 지금도 우리 4대 선지자 영들이 겨우 영계를 지탱하고 있습니다. 더구나 지제수님의 공력이 예전에 비해 쇠약해져 있습니다. 7망성형을 이루어야만 세상의 모든 영들을 받아들일 수 있습니다. 6망성형 정도만 가능한 지금으로서는 그 방법이 최선입니다."

영계는 아그리파에게 역할을 부여했다. 그는 평소에도 영의 가치를 구분하고자 노력했다.

"생명체 모두에게 존재하는 영은 생명체의 종류에 따라 영의 가치가 달라지는 것이 아니다. 사람이든 동물이든 식물이든 그들의 영 모두는 똑같이 존중받아야 한다."

그의 이런 주장은 지금의 위기에 처한 영계에 매우 적절한 주장이었다. 그는 영계에 들이지 않을 영을 선별하는 기준을 세우고자 했다.

1. 영력이 낮은 영

2. 죄를 지은 영

3. 먹이를 낭비한 영

4. 다른 종족에 해를 입힌 영

5. 생명을 경시한 영

6. 다른 생명체에 예의를 잃은 영

이 기준은 사람의 영에 매우 불리했다. 사람의 영으로 살면서 지키기 매우 어려운 조건들이었기 때문이었다. 그만큼 사람의 영은 다른 생명체의 영에 비해 가치가 적을 수밖에 없었다.

한 개체에 지나치게 많은 편익과 풍요로움은 반드시 다른 개체들에게서 편익과 풍요로움을 가져온 결과물이다. 이 불균형은 대부분 사람이 만들었고, 사람을 제외한 모든 생명체에게서 빼앗고 있다. 심지어 사람은 같은 개체들끼리도 편익과 풍요로움을 빼앗는 해괴하고 파괴적인 종이다. 그로 인해서 사람 중에는 풍요마저 불편하고, 그 풍요로 인해 삶이 지루한 나머지 생명을 버리기도 하는 개체가 있는 반면, 잃어버린 풍요로 인해 고통을 견디지 못하고 생명을 잃거나 버리기도 하는 개체마저 생겨난다.

같은 종족에마저 극단의 이기심을 보이는 사람은 동식물들에게는 극악무도한 존재다. 그럼에도 스스로는 '만물의 영장'이라는 월계관을 스스로의 머리에 얹는 만용을 부리고 있다.

아그리파의 기준이 제시되자 사람의 영들에게서 수군거림이 일었다. 불만인 것이다. 그렇지만 동식물의 영은 환영했다. 비록 1항의 '영력이 낮은 영'이 아쉬웠지만, 그들에게 유리한 이 항목마저 없었으면 사람의 영들은 이 기준을 폐기하려 들었을 것이다. 여러 이해관계를 뒤로하고,

영계에 '아그리파 기준'이 선포되었다. 지금 당장 발등에 불이 떨어진 형편이기 때문이었다.

지제수와 모하도가 올드티코를 찾았다. 동식물 영계를 둘이서 맡기로 했으니 그들의 속마음을 들어 보아야 했다. 올드티코는 '영계의 은자'로 추앙받는 영이었다. 그도 주위에 있는 그린란드상어와 대합조개, 거북이들과 함께 아그리파의 기준에 대한 토의를 하던 중이었다.

"올드티코님! 여전히 활력이 넘치시는군요. 지상에서 9,500해를 넘기시고도 이렇게 강건하시다니요."

"어서 오세요, 두 분 선지자님! 아직도 지상에서는 나의 일부가 생명을 유지하고 있답니다. 생명의 개념이 생명체의 종류마다 조금 다르죠."

"여러 영들이 모여 아그리파의 기준에 대해 의견을 나누고 있었던 듯합니다. 어떠신가요."

"우리들 동식물 영은 무난한 기준이라고 생각하고 있습니다. 사람의 영과 달리 다른 영들은 욕심을 부릴 줄 모르거든요."

"순하고 착하게만 보이는 동물들에게도 원령이 있습니다. 우리 중 많은 영들이 원령이 되는 이유를 생각해 보셨습니까?"

옆에서 듣고 있던 거북이 작심한 듯이 말을 꺼냈다. 수명이 긴 그는 세상사를 두루 겪어 지혜가 깊었다. 두 선지자 영이 말없이 있자 그가 다시 말을 이었다.

"동물 영들 중에 자연이 부여한 제 수명을 누리는 영이 얼마나 되겠습니까. 물론 약육강식의 생태계에서 먹고 먹히는 먹이사슬에 의한 동물들의 죽음은 동물 중 누구도 원망하지 않습니다. 그들 스스로도 다른 생명을 먹어야 목숨이 유지되니까요. 그렇지만 사람의 손에 의해 죽는 경우는 매우 다릅니다. 우리들 눈에는 사람이 배고픔만으로 생태계의 최상위 포식자로서 동물을 죽인다고 생각하지 않습니다. 미식가에게 맛있는 부위를 제공하기 위해 상어의 지느러미만 자르고 나머지 몸뚱이를 물속에 던져 버려 죽게 만드는 경우를 보십시오. 이왕에 잡았으니 다른 부위도 먹는다면 이토록 분노하지는 않을 것입니다."

옆에서 듣고 있던 그린란드상어가 눈물을 흘리며 분노로 가슴만 두드리다 자리를 떴다.

"사람이 돼지를 길러 도축할 때, 고기가 가장 연하고 맛있을 때에 맞춰 불과 몇 달 만에 목숨을 빼앗습니다. 닭들은 알을 최대한 많이 낳도록 운동을 못 하게 케이지에서 키웁니다. 또 부드러운 닭고기인 영계 닭을 얻는다고 몇 달 만에 목숨을 빼앗습니다. 이렇게 죽은 동물 영들이 원령이 되지 않는다면 오히려 이상한 일이겠지요."

"그렇게 생각하면 식물 영들도 사람들에게 한이 많습니다."

올드티코가 말을 이어받았다.

"사람들이 여유로움이 넘치자 우리 식물들로 조경을 한다고 합니다. 그들의 눈에 보기 좋게 식물들이 사는 곳을 수시로 바꾸죠. 뿌리를 잘라버리고 당장 죽지 않을 만큼만 남겨서는 이곳저곳으로 옮기다가 시들어 버리면 영양분을 마구 투입해 당장 죽지도 못하게 하고 고통 속에 서서히 죽게 만듭니다. 그리고 사람들 눈에 좋게 만들려고 사정없이 가지를 잘라 버립니다. 마치 일렬로 줄과 높이를 맞춰 자란 듯이 나무들은 새순과 잔가지를 잃고 살아갑니다. 그리고 몇 년 지나지 않아 파내버리고 다른 나무를 심죠. 식물들이 오래 한곳에서 평화롭게 살아나갈 꿈을 사람들이 짓밟은 지 벌써 수천 년입니다. 그리고 식물의 품종을 개량한다는 미명으로 생명체의 생체 역량을 열매와 씨앗을 만드는 데에만 쓰게 만들어서 식물을 사람 먹거리 생산 공장화합니다. 그렇게 희생된 식물의 영들이 어떻게 온전하게 선한 영이 되겠습니까."

작심한 듯 아픔과 상처를 호소하는 그들에게, 지제수와 모하도는 죄스럽고 미안한 마음에 무릎을 꿇으며 말했다.

"우리의 영력이 소진되는 날까지 저는 동물 영과 식물 영을 다른 존재로부터 지켜내는 데 부족한 힘이나마 모두 바치겠습니다."

그들을 바라보는 '영계의 은자' 올드티코의 얼굴에 잠시 의미심장한 미소가 스쳤다.

영계의 변화는 곧바로 눈족과 티탄족에 영향을 미쳤다. 두 부족 모두 식량이 부족해졌다.

"히페리온 대장군, 오랜만입니다."

두 부족은 긴급한 대책이 필요하였고, 공동의 대책을 세울 필요가 생겼다.

"이렇게 장군님을 다시 뵙습니다. 안녕하셨습니까."

쿠트나호라 시절에 상급자였던 트리톤을 히페리온이 정중하게 맞이했다. 비록 두 부족이 갈라져서 각각 다른 족장을 모시고 있는 처지였고, 지난번 서로가 한차례 전투도 벌였으나, 공적인 자리에서마저 서로 대면을 꺼릴 만큼은 아니었다.

"티탄족의 부족원이 많이 번성하고 있다지요. 크로노스 족장님의 지도력이 대단하십니다."

"뜻밖에 아툼 족장님의 혜안으로 눈족도 큰 번영을 이루고 있다고 알고 있습니다. 아트라하시스 족장님과 대장군님의 크신 영도력에 저도 감탄하고 있습니다."

두 대장군은 덕담으로 말문을 열었다.

"크게 보면 선족의 번영이니 축하하고 축하 받을 일이 틀림없습니다. 그렇지만 요즈음 일어나고 있는 일이 우리 부족들의 번영에 장애물이 될 염려가 있어서 걱정입니다."

"'영계'라는 것이 존재하다니 저도 놀라울 따름입니다. 한낱 우리 부족에게 먹이가 되는 하등 동물의 영으로만 알았었습니다."

"만약에 그 '영계'라는 곳을 우리들이 차지한다면, 두 부족은 두어 단계의 번영을 한순간에 획득할 수 있습니다. 그곳에는 순도가 높고 영양가가 풍부한 영들이 가득할 테니 말입니다."

"저도 정말 욕심이 납니다. 우리 두 부족이 힘을 합친다면 가능한 일이 아닐까요."

공동의 적이 나타나자 두 부족은 결속하려고 노력했다. 그렇지만 두 부족이 가진 장비는 영을 포획하는 알마스가 전부였다. 쿠트나호라 시절부터 모든 영을 포획하는 데에는 이 장비 하나면 충분했었기에 다른 장비를 새로이 개발할 필요가 없었다. 또한 두 부족이 가지고 있는 무기인 바리사다는 선족에게만 공격이 가능한 장비였다.

"우리가 영계를 공략할 무기가 지금 당장에는 없으니 알마스를 최대한 활용해야 합니다. 그리고 두 부족이 연합하여 영계를 공격할 수 있는 무기를 개발합시다. 이 무기는 영계를 공략하는 데 쓰일 테니, 서로에게 부담이 없을 것입니다."

두 대장군은 의미 있는 회담의 성과를 거두고 헤어졌다.

*

경황이 없어서 두 사람은 자신들의 공력이 급격히 증가한 이유에 대해 생각해 본 적이 없었다. 사실은 두 사람 모두 자신들에게 공력이 있다는 것도, 공력이 무엇인지도 이번에 자명을 통해 비로소 알았을 정도다.

"두 분께서 어떤 인연으로 이렇게 엄청난 성취를 얻으셨는지는 중요하지 않습니다. 제가 연구한 영의 세계를 잠시 말씀드리겠습니다.

어제 잠시 말씀드렸듯이 사용하던 몸을 떠난 영은 지구의 곳곳에 있는 볼텍스로 이끌립니다. 그곳은 자기장이 강한 곳으로 영들에게는 1차 목적지입니다.

볼텍스에 모인 영들은 영계에서 나온 인도 영에 이끌려 영계로 들어가서 보호를 받게 됩니다. 종교에서 말하는 사후세계입니다. 그렇지만 일부 원한으로 죽음을 맞이한 영들은 볼텍스로 향하지 않습니다. 지구에 남아 있는 것입니다.

이 영들이 흑화되면서 심약한 의식을 가진 사람들을 현혹하게 됩니다. 이들 영에는 사람의 영도 있고 동물과 식물의 영도 있습니다. 사는 동안에 상처를 입고, 한에 사무쳐 원한마저 가지게 된 영이 원한을 풀고자 악행을 저지릅니다. 다만, 아무리 강력하게 흑화된 영이라 하더라도 사람의 몸에 직접 위해를 가하지는 못합니다. 심약한 마음을 건드려 사람 스스로 망가지게 만들 뿐입니다."

"영계라는 것은 어디에 위치하고 어떤 일을 하는 것입니까?"

"그곳은 강력한 결계에 의해 보호되고 있어서 드러나지 않습니다. 역사상 가장 공력이 강한 영이었던 4대 선지자 영들이 그분들을 따르는 지상의 영들을 규합하고 그들의 영력을 한 방향으로 이끌어 더욱 강력한 영계를 구축해 나가고 있습니다.

아쉬운 점도 있습니다. 풍요로운 물질 사회가 된 뒤로 영계로 이끌 만큼 가치 있는 공력을 가진 영이 점점 줄어드는 것입니다. 그리고 사람들이 동식물을 함부로 학대해 수명을 다 누리는 동식물 영 또한 격감하면서 모든 생명체의 영이 영계로 인도되는 수가 확연하게 줄어들고 있습니다. 이렇게 어려운 시기에 주군과 같이 제 능력으로는 감히 측량조차 불가능한 강력한 영력의 소유자가 나타났습니다. 그것도 아직 약관에도 미치지 않은 나이에 이룬 성취입니다."

"저는 제가 어떤 것도 의도적으로 공력을 높이려 노력한 적이 없습니다."

"다시 말씀드리면 중요한 것은 주군께서는 지금 당장이라도 영계를 이끌 만큼 강력한 영이라는 사실입니다. 이는 지구상의 모든 생명체들이 새로운 구원의 희망을 가질 수 있는 사건입니다. 지금 세계 곳곳의 볼텍스가 미지의 존재들에게 점령되었다는 의미는 불행하지만 영계도 미지의 존재들을 물리칠 능력이 없음을 의미합니다. 아마도 영계를 지키기 위해 최소한의 방어만 하고 있을 것입니다.

이 혼란의 시기를 당한 지구상의 생명체 영들에게, 그들을 포획해 가고 있는 미지의 존재를 물리치고 영계에 희망을 되찾아 줄, 진정한 구원자가 나타나셨음을 저는 확신합니다."

말을 마친 자명은 감격에 겨워 눈물을 흘렸다.

"제가 그럴 능력이 정말 있는지 저는 알지 못합니다. 그리고 무엇을 해야 하는지도 알지 못합니다. 자명님은 부족하고 어리석은 저를 너무 크게 보십니다."

"앞으로 해 나가실 일이 무엇인지 자연스럽게 나타날 것입니다. 그저 치우님의 존재로써 위안을 받는 영들도 있고, 스스로 물러나는 적들도 있을 것입니다. 이렇게 어머니이신 묘화님과 함께 존재하심 자체만으로도 스스로 빛을 낼 것이며, 다른 영들이 푯대로 삼을 것입니다. 그리고 위대해질 것입니다."

자명의 확신에 서치우와 묘화는 불안했던 마음이 조금 진정되었다. 그리고 자신들의 삶이 어떤 방향을 향해 자신들도 모르게 진행되고 있었음을 느꼈다. 그것은 숙명이었다.

"제 영적인 감각이 틀리지 않았다면 현세에 이르러 강력한 지도자 영이 출현했습니다."

지제수의 말에 나머지 세 영도 공감했다.

"나도 그런 기운을 감지했습니다."

석달타가 말했다.

"다만 그 영이 강력할 뿐, 어디에 속하는 영인지 알지 못합니다."

"그가 선하다면 영계는 존속할 것이고, 그가 악하다면 영계에는 살육이 일어날 것입니다."

"그리 오래지 않아 우리는 그 영을 직접 만나게 될 듯합니다."

4대 선지자 영들은 기대와 염려가 교차하는 감정을 느꼈다.

"분명히 우리는 큰 위기를 만났습니다. 영계를 위협하는 적이 나타났지만, 우리는 그 적의 정체를 제대로 알지 못합니다. 그렇기에 더욱 위험합니다. 이런 시기에 출현하는 지도자 영이 우리의 적과 대적해 주실 분이기를 간절하게 기도합니다. 만약 그와 반대의 경우라면 우리는 소멸을 면치 못하겠지요."

석달타가 가부좌를 틀며 하는 말에 나머지 세 영들도 각자 자신들의 방식으로 자리에 앉아 기를 운용하기 시작했다.

"제 공력을 자명님에게 조금 드리고 싶습니다."

뜻밖의 말에 자명은 기쁜 낯빛이 되었으나, 그 의미가 궁금했다.

"제게는 더없는 영광이고 기쁜 일입니다. 제가 주군의 뜻을 여쭈어도 되겠습니까."

"자명님의 말씀처럼 우리가 무엇인가를 하려면, 자명님의 1갑자 공력은 합리적이지 않을 듯합니다. 지난번 같은 위기에 처했을 경우 스스로를 지킬 수 있을 정도의 내공은 있어야 한다고 여겨집니다."

"주군의 말씀에 저는 몹시 기쁩니다. 제게 공력을 내리신다는 말씀보다, 영계의 생리와 영력의 의미를 모두 이해하셨다는 이유입니다."

"제 생각에 제 어머니의 공력은 15갑자 정도로 생각됩니다. 자명님의 내공도 그 정도면 스스로 위기를 이겨내실 수 있지 않으실까요?"

"주군의 큰 사랑에 감읍합니다. 다만, 제 영이 아직 그 정도의 공력을 견디지 못할 것입니다. 제게는 10갑자의 기력 정도도 벅찰 것입니다."

"그럼 10갑자의 내공으로 하시지요."

자명은 서치우에게 공력을 받으며 매우 놀랐다.

'아! 공력이 이처럼 청량하고 신선하다니. 주공에게는 분명히 특별한 인연이 작용했다. 하늘이 내린 인물임이 분명하다.'

"제 어머니의 공력은 수많은 명소를 다니며 치성을 올리는 동안 얻어졌다고 생각했었습니다. 그렇지만 다시 생각하면 그 정도의 정성으로 얻기에는 무리가 있다고 생각됩니다."

"저는 주군께서 말씀하신 대로 지난번에 어머니의 부상을 치료하시는 과정에서 공력을 나누신 것 같습니다. 주군이 무의식중에 시행하신 것이죠."

"그렇게 된 것이군요. 이제 어머니의 공력은 이해가 됩니다. 하지만 제 공력에 대해서는 저는 아직 이해를 못하고 있습니다."

"이유 없는 결과는 없습니다. 특별한 인연과 시대의 소명이 분명히 주군께 있을 것입니다."

흑화

"주군의 공력이 고강하여 영계의 지도부는 이미 강력한 영적 존재가 나타났음을 눈치챘을 것입니다. 저는 우리가 세계의 곳곳에 있는 볼텍스 순례에 나설 시기가 왔다고 생각합니다. 주군의 강력하고도 소나무 향과 같은 맑고 청아한 영력에 많은 영들이 추종하며 따라나설 것입니다. 우리의 존재를 드러내면서 동시에 영계를 체험하시고, 미지의 존재에 대한 실체를 알아내는 방법이라고 생각합니다."

묘화는 이미 전국의 영험한 지역을 순례한 경험이 있었지만, 서치우는 태어난 이후 그동안 오로지 거마산에서만 살았다. 경험해 보지 못한 새로운 삶이 주는 설렘과 기대감이 생기면서도, 자명의 말은 막연하고 모호했다.

"저는 자명님의 말씀 어느 것 하나도 실감나지 않아요. 저를 드러내는 것도, 제가 기대에 걸맞는 능력이 있는지도 자신이 없습니다."

"현실감이 없으신 것이 당연합니다. 제가 기운을 운용하는 법을 익혔으니 저와 함께 두 분이 한동안 수련을 하셨으면 합니다. 그러면 자신감을 얻게 되실 것입니다."

세 사람은 거마산의 동굴 속에서 기를 운용하며 수련을 시작했다.

거마산의 자락에 살고 있던 서억의 집에 마을 사람들이 몰려들었다. 평소에도 거마산은 동네 주민들에게는 쉽사리 다가가는 것이 꺼려지는 험한 산이었다. 그곳에서 언젠가 큰 귀신이 나타날 것이라고 해서 산 이름마저 거마산이기에 더욱 그랬다.

"이장님! 보셨지유. 거마산에 이상한 일이 생긴 갑네유. 산 중턱꺼정 허연 구름들이 감싸고 그 새로 가끔씩 불빛이 번쩍거리기도 허고, 천둥 치는 소리도 나는디, 비는 안 오네유."

"진짜로 큰 귀신이 나오는 거 아녀?"

나이 드신 노인들이 얼굴에 두려움이 가득한 채로 이장의 얼굴을 올려다보고 있었다.

"저도 그 연유를 모르고 있습니다. 마을 청년들과 제가 내일은 한번 다녀오겠습니다. 제 생각에는 무녀 묘화가 살고 있다는 집 근처인 듯한데, 그녀에게 무슨 일이 생긴 건 아닌지 염려가 되네요."

마을 사람들은 묘화에게 아들이 있다는 사실을 까맣게 모르고 있었다. 그녀는 신령님이 점지하신 귀한 아들을 사람들이 보면 부정을 탄다고 여겼다. 그래서 서치우가 산속에서 혼자 성장하게 된 것이었다.

"맞네, 무녀가 거그에 살제. 혹시 무녀가 큰 신을 새로 접신한 거 아닌감."

"지금도 묘화 점이 신통한데 그람 더 용해지것다. 그건 좋은 일이제."

마을 사람들은 나쁜 일이 일어난 것은 아니라고 생각하며, 위안을 삼았다.

"그람 낼 이장님이 수고 쪼까 해주시우."

마을 사람들이 돌아가자 서억은 근심스럽게 거마산을 바라보았다.

"하얀 뭉게구름에 가끔씩 비치는 빛이 서광이어서 다행스럽게도 동네에 나쁜 일은 일어나지 않을 걸로 보이기는 하는데!"
 미지의 일에 대한 염려로 그는 미간을 찌푸리며 거마산을 바라보았다.

 평생을 기수련과 연구에 정진했던 자명의 훈련법은 효과가 탁월하였다. 서치우의 몸에 깃들었던 공력은 모두 수련을 통해서 그의 몸 안에 쌓아 올린 내공이 아니었다. 아버지 아트라하시스로부터 전해진 선족의 진화되고 강렬한 기력과 동굴 속 샘물에 의해 몸에 쌓인 기력이 더해지고, 영물인 천계의 복숭아에 의해 폭발적인 상승 작용을 일으킨 결과물이었다. 그렇기에 몸에 맞지 않는 옷처럼 기를 운행하거나 사용하는 데 서툴고 방법조차 알지 못했다. 자명도 주군의 몸에 깃든 공력이 각별한 인연으로 얻어진 것임을 알았기에, 그 공력의 주인으로 자유롭게 운용할 수 있도록 서치우의 몸에 맞추는 데 주력했다. 드디어 서치우의 공력은 그의 몸에 온전하게 스며들었다. 몸과 공력이 합일을 이루는 데 성공한 것을 묘화도 자명도 쉽게 알 수 있을 만큼 그의 몸에서 일어난 변화는 확연하였다. 물론 몸의 변화를 가장 잘 느낀 것은 자신이었다.
 그는 비로소 동굴 입구에 있는 소나무로 두 사람을 안내했다. 두 사람도 기울어져 자라고 있는 아름드리 소나무를 비로소 눈여겨보았다.
 "저기 소나무의 중간쯤에 갈라진 틈이 있어요."
 소나무를 향해 손짓을 하던 그의 표정이 굳어졌다.
 "나무가 사라졌어요."
 "왜 그래. 소나무가 저기 있는데 무엇이 없어졌다는 거야."
 묘화도 자명도 그의 말을 이해할 수 없었다.
 "아니, 소나무 말고 저기 갈라진 틈에 자랐던 복숭아나무요."

묘화와 자명은 서로를 바라보았다. 영문을 알 수 없었기 때문이었다. 그는 자명에게 자신이 우연히 복숭아를 먹었던 일을 말했다. 그리고 동굴에서 사흘 동안이나 깊은 잠에 빠졌다가 일어난 후, 동굴 천장에 부딪칠 뻔했던 일도 말했다.

"그런 인연을 만났었군요. 역시 천운이십니다. 주군은 정말 이 위중한 시절을 해결하기 위해 하늘의 안배를 받으신 분이십니다."

자명이 감개무량한 표정으로 치하를 하고 있음에도 불구하고 정작 서치우 자신은 아직 어리둥절한 표정이었다.

영계는 드디어 '미지의 존재' 실체를 완전하게 파악했다. 그리고 곧이어 인령과 동물령, 식물령 등 모든 생명체의 영들이 모인 전체 회의가 소집되었다.

"지금부터 우리 선지자 4대 영이 조사에 나선 뒤에야 비로소 파악할 수 있었던 미지의 존재에 대해 설명을 하려고 합니다."

석달타가 비장한 목소리로 말문을 열었다. 그의 마음속에는 절망만이 가득했다.

'사람 위에 존재하는 최상위의 포식자.'

영계는, 그리고 지구의 생명체들은 이 사실을 받아들일 수 있을까! 다른 생명체들에게는 어쩌면 별다른 충격이 아닐 수도 있었다. 그들 위에 늘 사람이라는 포식자가 있었으니까. 그렇지만 사람은 늘 최상위에 위치했었다.

그랬던 그들이 먹잇감이 된다는 현실을 극복하기는 불가능한 일일 것이다. 이는 사람이 죽어야 한다는 사실을 깨달은 순간만큼이나 고통스러울 것이다. 아니 그보다 더 큰 고통이다. 죽음을 인식한 사람은 종교를 떠올려 위안을 삼았다. 그렇게 스스로를 최면해서라도 고통을 극복하려 했고, 그를 통해서 극복하며 살았다. 그렇지만 이제는 영생을 한다고 위안 삼았던 영이 다른 포식자의 먹이에 불과하다는 참담한 현실을 알게 될 것이다.

"인류는 진화를 멈춘 대가를 이제 치를 때가 되었습니다. 인류는 생물학적인 진화를 스스로 포기했습니다. 사람은 주변 환경에 자신을 적응하며 진화하는 대신에 환경을 바꾸며 살았습니다. 과학의 힘으로 불편한 것들을 해소하다 보니 진화할 필요가 없었던 것입니다. 그 결과 이제 지구상의 생명체들에게 감당하기 어려운 시련이 닥쳤습니다. 우리들의 영을 먹고 사는 존재가 나타났습니다."

회의장이 일순 고요해졌다. 너무 큰 충격이 닥치자 아무 생각도 할 수 없는 상태가 된 것이다. 석달타가 말을 이었다.

"그동안 사라졌던 생명체의 영들이 이들의 먹이로 사용되고 있었습니다. 저들은 우리 영계를 파괴하고 영들을 잡아가 우수한 식량 자원으로 확보할 계획을 세우고 있습니다."

회의장에 비명이 가득해졌다. 절망이 영계를 지배했다.

선지자 영들은 거기에 더해 그 존재들이 인령을 먹는 포식자 부류와 비인류 영만을 먹는 포식자 부류가 있다는 사실과 그들의 무기 알마스에 대해서까지 파악했지만 영계에 나타날 갈등이 두려워 더 이상은 공표하지 못했다.

지제수는 갈등에 빠졌다. 그는 오랫동안 꿈꾸어 온 인령이 없는 영계를 현실화할 수 있는 기회를 얻었다고 믿었다.

'어쩌면 이 사태에서 나의 바람을 해결할 방법이 있을지도 모른다.'

그는 모하도의 의중을 파악하려고 노력했다. 이 일을 실현하려면 그의 도움이 반드시 필요했다. 모하도가 자신과 생각이 다르지 않음을 그동안 어렴풋이 느껴왔었지만, 이제는 확신이 필요했다.

"인령만 먹는 부류가 있다니 놀랍습니다. 마치 창고에서 쭉정이만 먹어치우는 쥐가 있다는 것처럼 신기한 일입니다."

지제수의 말에 모하도가 화답했다.

"맞습니다. 인령은 영계에 없어도 되는 쭉정이 같은 존재들인데, 그걸 먹어 치워 주는 포식자 부류가 정말로 있군요."

두 영은 은밀한 눈빛을 교환하며 서로의 의중에 대한 확신을 확인했다. 그들은 더 이상 속마음을 드러내는 데 망설이지 않았다.

"우리가 인령을 먹는 포식자 세력과 힘을 합친다면, 그래서 다른 영들을 먹는 포식자를 제거한다면, 우리가 원하는 영계를 이룩할 수 있습니다."

"그러면 우리는 지구의 생태 환경을 파괴하고 다른 생명체를 유린하며 멸종시키고 있는 사람이 존재하지 않는, 진정으로 선함과 다른 생명체에 대한 존중으로 질서가 지켜지는, 진정한 파라다이스를 만들어 낼 수 있게 되겠지요."

"보호할 가치가 없는 인령을 영계에서 제거한 뒤, 동물령이나 식물령 등의 생물령으로만 이루어진 순수하고 깨끗하고 완전한 영계를 만들 목표를 만들 수 있는 기회가 온 것입니다."

영계를 그들의 의도대로 만들기 위해, 적을 끌어들이자는 위험한 발상. 안타깝게도 두 선지자 영은 자신들도 모르는 사이에 점점 더 흑화가 진행되고 있었다.

*

서치우 일행은 거마산을 떠났다. 그는 어렴풋하게 자신의 공력이 전보다 강해진 것 정도로만 알고 있었기에 조금은 두려움도 일었지만, 두렵다고 동굴에만 있기에는 영계에 닥친 위험이 너무 다급했다. 그러나 자명은 내심 자신만만했다. 주군의 공력이 너무 고강하여 그의 능력으로는 측량조차 불가능할 정도였으나 분명히 삼천 갑자가 넘을 것이라고 확신했고, 그렇게 강력한 공력을 주군은 이제 자유자재로 운용하는 경지에 도달했기 때문이다.

'설령 '미지의 존재'가 공격을 가하더라도 주군을 해치기는 불가능할 것이다.'

그가 이 여정에 자신감을 갖는 이유였다. 여기에 더해 묘화와 자신의 공력 또한 절대 만만치 않게 강해졌음을 확신했다.

그들은 한반도에서 가장 강한 볼텍스 지역인 강화도에 들어섰다. 마니산의 상서로운 기운이 단군신화마저 잉태시킨 곳이다. 나무와 바위가 어우러진 절경을 따라 정상 부근의 거대한 바위에 이르면 저절로 몸에서는 기가 운행을 시작한다. 기가 약한 사람들은 스스로 알지 못할 뿐 모든 이들의 몸으로 볼텍스의 기운이 흐르는 것이다. 이 현상을 사람들은 그저 '속이 탁 트인다'라고 느낄 뿐이다.

너른 바위에 가부좌를 틀고 앉으면 발아래 펼쳐진 듯 너른 평야를 건너 바다까지 이르는 넓게 트인 풍경이 눈에 담긴다. 몸 안의 기운이 제 스스로 운행을 시작해 정수리로 들어온 볼텍스의 기운이 몸으로 흘러내려 단전을 채운다. 마니산이 가진 정기와 몸의 정기가 만나 몸을 한바탕 휘돌고, 정수리부터 발바닥까지 내달린 기운이 화끈하게 불타며 용천혈에서 맥박이 뛰는 것 같은 통천을 경험하게 만드는 것이다.

정상 부근에 등산객이 많이 올라 있었다. 일행이 참성단 부근에 다다랐을 때였다. 허공을 휘젓는 절박한 움직임들이 보였다.
"주군, 사람의 영이 미지의 존재에게 쫓기고 있습니다."
자명의 말에 두 사람은 허공을 바라보았다. 자명은 지난번에 자신이 당했던 경험이 있어 부상당한 영이 절박한 상황에 몰렸음을 알았다. 그렇지만 다른 등산객들에게는 바람이 부는 것으로만 느껴지고 있을 것이다.
"주군! 지금 구해줘야 합니다."
서치우는 손을 들어 강력한 기를 방출했다. 미지의 존재는 그의 기에 타격을 입은 듯 멈칫하며 서치우를 보더니, 무기를 꺼내들고 공격을 했다. 그러자 그는 재빨리 몸을 기막으로 감쌌다. 공격이 막히자 미지의 존재는 크게 당황하며 황급히 허공으로 사라졌다. 자명이 서둘러 부상당한 영을 부축했다.
등산객들은 서치우의 주변으로 모여들더니 박수를 치며 웃었다. 어머니와 둘이 마니산 정상에 올라 허공을 향해 요란한 몸동작을 펼치는 서치우가 그들의 눈에는 일종의 퍼포먼스를 하며 등반의 즐거움을 표현하는 것으로 보인 것이다.
"마니산 등반을 축하해요."
엄지척을 날리며 사진도 찍는 그들이 어색해 그는 얼굴이 붉어졌다. 아직 대중이 어색한 그다. 서치우가 하산하는 등산객들과 인사를 나누는 동안에 자명과 묘화는 참성단 뒤편으로 돌아가 황급하게 부상당한 영을 치료했다. 심각한 부상을 입어 서두르지 않으면 소멸할 염려가 있을 정도였다. 묘화와 자명이 그에게 공력을 나누었다.

"구해 주셔서 고맙습니다."

경황이 없는 중에도 그는 깍듯하게 감사를 표했다. 기진했던 그의 얼굴에 혈색이 돌아왔다. 찬찬히 주변을 돌아보던 그가 말했다.

"나는 영계의 인도 영 구르제프입니다. 귀중한 공력을 나누어 주셔서 제가 소멸을 면했습니다. 고맙습니다. 그런데 저분은 육신을 가지셨는데 어떻게 저를 보십니까?"

자명이 대신 대답했다.

"공력이 강한 때문인 것 같습니다. 저도 거마산 볼텍스에서 영계로 인도받으려다가 미지의 존재들에게 습격을 당하고 소멸할 위기에 빠졌는데 주군께서 살려주셨습니다."

"당신이 주군이라고 하는 이분은 공력이 비할 데 없이 강해 보이는데, 아직 약관에도 미치지 않아 보입니다. 특별한 인연을 얻으셨군요."

"맞습니다. 그보다 인도 영이라고 하셨는데, 그러면 영계에서 오신 것입니까."

"예, 영계는 지금 몹시 혼란에 빠졌습니다. 아까 '미지의 존재'에게 공격을 당했다고 하셨는데, 영계의 선지자 영들께서 그들에 대해 알아냈습니다. 영들을 먹이로 삼는 존재입니다. 그들은 두 개의 부족으로 이루어져 있는데, 부족 하나는 인령을 먹이로 하는 티탄족, 다른 부족은 비인령을 먹이로 하는 눈족입니다. 오늘 나를 공격한 부족이 바로 티탄족입니다."

자명은 비로소 영계의 혼란 이유와 자신이 왜 미지의 존재에게 공격을 당했는지를 알았다. 영을 먹는 부족이 있다는 끔찍한 현실을 감내하기 힘이 들었다.

'큰 시련을 이겨내며 영력을 얻었는데, 겨우 다른 포식자의 먹잇감 신세라니. 내가 하마터면 하찮게도 하나의 먹잇감으로 사라질 뻔했다.'
생각지도 못한 두려운 일이 현실로 나타났음에 그는 몸을 떨었다.

*

보고를 받은 히페리온은 벌어진 입을 다물지 못했다.
"우리를 공격하는 존재가 지구에 있다는 말이냐."
그는 부상당한 부하를 보면서도 믿기지 않았다. 그가 지녔던 알마스도 망가져 있었다.
"장군님, 저는 적에게 심지어 바리사다로 공격도 했습니다. 그런데 적이 순식간에 기막을 몸에 둘러 막아냈습니다. 더구나 그것은 살아 있는 생명체였습니다. 제 능력으로 감당할 적이 아니라는 생각에 황급하게 달아나서 겨우 목숨을 건진 것입니다."
"생명체가 우리를 볼 수 있고 공격까지 하다니 정말로 놀랄 일이구나. 네 덕에 우리가 적의 정체를 알게 되었다. 큰일이다. 영계를 공격하려던 차에 뜻밖의 복병을 만났구나. 너는 우선 치료를 받아라. 이 일은 빨리 족장님에게 보고를 해야 한다."
크로노스는 대장군의 보고가 선뜻 이해가 되지 않았다.
"우리 부족민이 지구의 생명체에게 부상까지 당했다는 말인가."
"제 불찰입니다. 그러나 우리 부족은 쿠트나호라 행성 시절부터 다른 생명체로 인해 다쳐본 일이 없습니다. 우리 부족원들이 받을 정신적인 충격이 매우 염려됩니다."
"그놈을 찾아 제거하면 될 것 아닌가. 나는 대장군의 염려가 더 뜻밖이다."

크로노스는 대수롭지 않은 일이라는 듯 가볍게 지시를 내렸다.

"명 받들겠습니다."

마치 질책이라도 하는 듯한 족장의 지시를 받았으니 그 생명체를 처리해야 하지만, 히페리온은 막연하기만 했다. 고민 끝에 그는 트리톤 대장군과 상의하기로 마음먹었다.

'우리 부족은 물론 눈족에게도 위험한 존재가 나타났다. 그렇지만 우리가 연합을 한다면 물리칠 방법을 찾을 수도 있을 것이다.'

히페리온은 트리톤을 찾아갔다.

"바리사다는 영적인 존재들을 공략하는 무기라서 생명체에게 치명적이지는 못한 무기라네."

그의 다급한 설명을 들은 트리톤은 근심 가득한 얼굴로 말문을 열었다.

"우리 부족은 살아 있는 생명체를 공격하는 일에는 서투르지 않은가. 그런데 놀라운 것은 그 생명체가 우리를 보며 공격하고 기막을 둘러서 바리사다를 막아냈다는 것이고, 더 놀라운 것은 그가 상대를 죽이려고 시도를 하지 않았다는 사실이야."

'기막'을 사용하는 것은 매우 강한 고수만이 펼치는 호신술이다. 그 정도의 강한 존재가 나타났다면 판세가 뒤집힐 수도 있는 일이다. 다만, 그 강력한 존재가 생명을 함부로 살상하는 악한 존재는 아닐지도 모른다는 뭔지 모를 예감으로 트리톤은 조금 안도하였다.

히페리온이 돌아간 뒤, 트리톤은 아트라하시스를 찾았다.

"족장님! 사람 중에 특별한 존재가 나타났습니다."

보고를 받은 아트라하시스는 트리톤 대장군의 말에서 묘한 뉘앙스를 느꼈다.

"우리 부족에게 불길한 일은 아니라고 생각하시는 듯 보이는군요."
족장의 말에 그는 멈칫했다.
"아닙니다. 현재로서는 저희에게 부담스러운 일입니다. 티탄족을 상하게 만든 사람이 출현했는데, 제가 막연히게 악인은 아닌 것 같다는 짧은 생각만으로 그만 적절하지 못하게 너무 가볍게 표현을 한 듯합니다."
"대장군님의 판단은 지금까지 잘못된 적이 없습니다. 그렇지만 분명히 우리 부족에게 위협될 일이 생겼군요."
사건의 전모를 들은 뒤에, 족장은 대장군이 왜 그렇게 판단을 했는지 이해되었다.
"저도 대장군님과 같은 생각이 드는데 이유는 모르겠습니다. 분명히 우리 부족에게 큰 위협이고, 상대에 대한 강력한 대비책이 필요하겠지만, 두려운 마음이 일지는 않는군요."
서로는 왜 그런 느낌이 들게 되었을까 하는 의아한 마음에 고개만 갸우뚱거렸다.

부상에서 회복한 인도 영이 영계로 돌아왔다.
"구르제프가 무사히 돌아왔군요."
구자가 소식이 끊겨 애타게 기다리던 인도 영이 돌아오자 안도하며 말했다.
"심려를 끼쳐 죄송합니다. 제가 몹시 위험한 지경에 처했었습니다. 선지자 영님들과 인도 영들에게 보고드릴 일이 있습니다."
"좀 쉬고 있으시게. 내가 곧 모두 모이도록 할 터이니."
잠시 뒤, 선지자 영들과 인도 영들이 모이자, 구르제프는 마니산 볼텍스에서 있었던 일을 상세하게 보고했다.

"우리 영계에 한 줄기 서광이 비치는구나!"

석달타가 감격스러운 마음에 두 손을 합장했다. 그동안의 마음고생이 사그라지는 기분이었다. 위기를 맞은 영계를 보전할 방법이 떠오르지 않아 영계의 공멸마저 걱정하던 중이었다. 자신은 물론 지제수를 능가하는 삼천 갑자의 공력을 가진 살아 있는 사람! 앞으로 그의 공력은 스스로의 노력으로 더욱 깊어지고 강해질 수 있기에 더욱 고무적이었다.

"구르제프! 그대가 우리에게 말한 내용들이 정말로 확신할 수 있는 사실들인가?"

지제수의 질문에 장내가 잠시 술렁였다. 그렇지만 지제수의 표정은 매우 진지했다.

"예, 선지자 영님. 그의 공력으로 티탄족이 부상을 입었으며, 티탄족이 공격한 무기를 기막을 둘러 방어했습니다. 제가 부상으로 혼미한 상황이었지만, 분명하게 제 눈으로 확인했습니다."

"혼미한 상황에서의 기억이군요."

지제수는 구르제프의 보고를 신뢰하지 않는 듯 보였다.

"삼천 갑자의 공력이라니, 모하도님은 납득이 되는 일이오?"

"제가 눈으로 직접 본다고 해도 못 믿을 일이지요. 더구나 약관도 되지 않은 살아 있는 사람의 공력이라니, 구르제프가 티탄족의 공격을 받고 부상을 당하면서 뭔가 혼란을 일으키고 있는 것 같다는 생각입니다."

자신 이후에 선지자는 더 이상 없다고 공표해 버린 모하도였다. 이건 절대로 있어서는 안 되는 일이었다.

지제수도 그런 일은 있을 수 없다고 생각했다.

'아니, 있어서도 안 되지. 나는 인류의 최고봉이야. 사람으로서 가질 수 있는 최고치의 공력에 내가 도달한 거야. 아니, 나만 도달한 것이어야 돼. 심지어 석달타보다 내가 강하지 않은가. 그와 나를 뛰어넘을 존재는 지구상에 있을 수 없어.'

자존심에 상처 입은 그는 미지의 대상에 대해 가슴속에 불붙는 적개심을 누르기 힘들었다. 그래서 구르제프의 보고를 인정하기 싫었다.

'내가 점점 돌이킬 수 없는 흑화의 길로 접어들었구나.'

자신의 적개심을 제어하지 못하는 스스로를 한탄하면서도, 그는 모든 사람의 영들을 없애 버리고 싶은 충동을 억누를 수 없었다.

구르제프의 보고를 믿기 싫은 것은 모하도 역시 마찬가지였다.

'지금도 선지자 영 중 막내 취급을 받는 게 불쾌한데, 우리보다 공력이 뛰어난 어린 것이 내 앞자리를 차지하려 들겠구나.'

"우선은 우리 눈으로 확인하는 것이 필요해요. 모하도님, 우리 같이 찾아서 부딪쳐 봅시다."

"예, 저도 제 눈으로 확인해야 직성이 풀릴 듯합니다."

출발하기 전 모하도는 한 가지 준비를 더 했다. 그를 따르는 수하들 중 은밀하게 움직일 수 있는 50영을 모았다. 전생에서도 군대를 지휘하며 직접 전장을 누볐던 그였기에 영계에서도 자신의 명을 수행할 수하들을 항상 곁에 두었다.

*

"저는 이곳으로 오는 지구 생명체의 영을 포식자들에게서 지켜주고 싶습니다."

서치우는 선족의 먹이가 되는 생물체의 영들이 마음에 걸렸다.

"주군의 마음을 충분하게 알고 있습니다만, 아직은 우리에게 준비된 것이 없습니다. 적은 매우 강하고 먹이 사슬의 최상단에 있습니다. 수십 년간 이어진 영의 살육을 막아내려면 지금 눈앞의 인정보다 원대한 계획과 각고의 노력과 많은 시간이 필요합니다. 주군께서는 적을 물리친 유일한 존재이십니다. 이 의미는 지금까지 아무도 포식자들을 상대로 대결을 벌이거나 이겨낸 자가 없다는 뜻이기도 합니다. 인내하면서 영계의 존재들과 함께 힘을 합쳐 대응 방법을 찾아내야 합니다."

"자명의 말이 맞다. 서둘러서 될 일이 아닌 듯하구나. 이런 소임을 맡기려고 산신령님이 너를 내게 점지하셨구나."

곁에 있던 묘화가 아들의 어깨를 두드리며 말했다.

"이곳에서 가까운 볼텍스인 중국 화산에 가서 기다려 보는 것이 어떠십니까. 구르제프가 이미 영계에 주군의 소식을 전했을 것이고, 뭔가 움직임이 생기겠지요. 아마 화산에 가면 영계의 지도자들을 만날 수 있을 것입니다. 가서 기다리시지요."

중국 섬서성의 화산은 중국 5악산 중 하나로 해발 2,160m의 바위산. 연화봉, 남봉, 운대봉, 낙안봉, 조양봉 등 5대 봉우리는 거대한 바위를 머리에 이고 있어 강력한 자기장을 형성하는 곳이다. 거기에 더해 각 봉우리마다에는 한 자락씩 구름을 얹고 있어 위엄이 더해지고 자못 신비롭기까지 했다.

동쪽의 봉우리 조양봉을 감싸고 있던 운무가 갑자기 한바탕 휘감아 돌았다. 강력한 기운이 봉우리에 다다랐기 때문이었다. 서치우 일행이었다. 자명은 주군 서치우가 마니산 정상에서 등산객들에게 둘러싸여 당황해하던 일을 다시 겪지 않도록 조심하였다. 그래서 운무를 이용하는 방법을 사용한 것이다.

"주군! 이곳에서 잠시 머물며 운기조식을 하고 있으면, 분명히 누군가 나타날 것입니다."

자명은 자신들의 존재를 숨기지 않았다. 강한 기운을 가진 주공의 존재를 스스로 드러내 영계의 접근을 기다리고 있는 것이다. 구르제프가 영계에 서치우의 존재를 보고했다면, 강력한 영이 절실한 그들은 분명히 기의 감응 현상을 이용해 이곳으로 찾아올 것이다.

얼마 후, 예상한 대로 강한 영들이 화산의 다른 봉우리에 도착했음이 느껴졌다. 그런데 이상했다. 봉우리 두 곳에서 거의 동시에 강한 기운이 느껴지더니, 곧이어 다른 봉우리 두 곳에서도 강력한 기운들이 다시 감지되었다. 다섯 봉우리 정상을 감싸고 있던 구름들이 한꺼번에 모두 요동을 쳤다.

"주군, 무언가 이상합니다. 우리 주변 네 봉우리 모두의 정상에 강한 기운들이 들어찼습니다."

"그게 무슨 의미입니까. 영계에서 네 봉우리 모두에 나누어 보낼 만큼의 많은 영을 보낼 이유가 있을까요?"

"주군은 영력이 강하니 기감도 뛰어나십니다. 어떻습니까."

"서로 다른 느낌이 감지됩니다."

서치우는 조금 더 기력을 집중해 네 봉우리의 존재를 살폈다.

"네 봉우리 중 두 봉우리는 자명님과 같은 느낌이 오는데, 나머지 두 봉우리에서 오는 느낌은 몹시 다릅니다. 어머니와 비슷한 느낌입니다."

"그런 느낌의 차이는 생체 영과 사후 영의 차이로 볼 수 있습니다. 주군과 모친은 생체 영이고, 저는 사후 영입니다. 이상한 일입니다. 이곳에 눈족과 티탄족도 나타났습니다. 이미 선족도 주군의 등장을 눈치챈 것입니다."

다섯 봉우리 모두에 강력한 영들이 자리를 잡자, 화산에는 갑작스럽게 폭풍우라도 내리칠 듯 구름이 모여들며 사방이 어두워지고 바람이 거칠게 일었다. 산에 오른 등산객들은 두려워하며 모두 서둘러 하산했다. 사방이 고요해진 가운데 다섯 봉우리에는 어떤 움직임도 없었다. 모두가 예상치 못한 이 상황이 당황스러워 선뜻 움직이지 못하는 것이다.

가장 곤혹스러운 것은 지제수였다. 그도 기감으로 선족이 이곳에 온 것을 알았다. 그런데 석달타와 구자가 이곳에 나타난 것은 뜻밖이었다.

'두 영이 나의 생각을 눈치챈 것이구나. 그들은 나의 흑화를 제어할 생각을 가지고 있다.'

"이 자리가 많은 것을 결정하겠군."

모하도 역시 상황을 정확하게 읽고 있었다.

"마침내 영계의 네 영이 인령계인 석달타와 구자, 비인령계인 우리로 나뉘게 되었네요."

"과연 먹잇감에 불과한 우리 영계를 포식자인 두 선족 그룹이 각각 그들의 파트너로 인정할 것인가의 문제이기도 합니다. 결국 눈족에게는 비인령 식량이 필요하고, 티탄족에게는 인령 식량이 필요하니 손쉽게 영계를 얻으려면 눈족에게는 인령계의 도움이 필요하고, 티탄족에게는 비인령계의 도움이 필요하겠지요."

"영계 내부의 도움이 없으면 아무리 선족이라도 우리들이 있는 한, 영계를 쉽게 공략하기는 불가능합니다. 이제 우리가 나뉘어졌으니 우리도 선족도 대결을 피할 수 없게 되었습니다."

영계의 사정을 알 길이 없는 눈족과 티탄족은 그들과 견주어도 밀리지 않을 강력한 영계의 기력에 놀라고 있었다. 그들에게 서로가 동시에 이곳에 나타난 것은 하나도 이상할 것이 없었다. 새롭게 나타난 강력한 기력을 두 부족 모두 기의 감응으로 알아채고 우연히 정탐 차 같은 장소로 나온 것이다.

"영계가 생각보다 강력합니다."

히페리온이 레아에게 말했다.

"지금 영계의 세력이 셋으로 나뉘어 봉우리에 있는데 각각의 공력들이 우리 부족보다 약하지 않게 느껴집니다. 그런데 어째서 영계가 세 곳으로 나뉘어 포진하고 있을까요?"

같은 의문을 다른 봉우리에 있는 트리톤도 가지고 있었다.

"토마스 부관, 다섯 봉우리에 있는 세력 중 하나는 티탄족임이 분명한데, 영계가 왜 세 봉우리로 나뉘어 있는 것일까?"

영문을 알 수 없는 그는 조금 이대로 대치 상태를 유지해 보기로 했다.

지제수는 서치우의 공력을 시험해 보고 싶었다.

"모하도님! 수십 명의 수하를 데리고 오셨는데 훈련으로 생각하고 동쪽의 봉우리를 시험해 보는 것이 어떨까요."

그는 지제수의 의도를 재빨리 파악했다.

'그도 나처럼 저들이 싫은 것이다. 그래, 저들을 한번 시험해 보자.'

"동쪽의 봉우리에 침투하여, 틈이 보이면 너와 네 부하들의 공력을 사용해 저들을 시험해 봐라. 전면 공격은 너희가 당할 수도 있다. 각별히 조심해라."

모하도가 부관 지부일에게 지시를 내렸다. 모두가 10갑자 이상의 공력을 가진 수하가 50명이다. 모두가 일시에 공력을 사용하면 무려 500갑자. 평소에도 훈련을 열심히 받은 이들이 단번에 정확히 상대의 허를 찌른다면 지제수마저 부상을 피할 수 없을 정도도.

　지부일은 부하들과 동쪽 봉우리의 운무가 흐트러짐조차 없을 정도로 은밀하게 접근했다. 수없이 많은 훈련으로 일사불란한 움직임을 보이며 접근하던 그들은 마침내 봉우리 하단에 침투하는 데 성공했다. 지부일은 부하들에게 잠시 휴식을 주었다. 단 한 번의 공격으로 최대한의 피해를 주고 즉시 퇴각할 계획이다.

　'휴식 끝'이라고 지부일은 말하려 했다. 그의 목에 무엇인가 걸린 듯했다. 입 밖으로 말을 뱉어야 하는데 혀가 움직이지 않았다. 손을 들어 목을 만져 보려 했지만, 그마저도 여의치 않았다.

　'이거 뭐야!'

　당황한 그가 주변의 부하들을 보려고 고개를 돌리려 했지만 허사였다. 정신은 멀쩡한데 몸의 어느 곳도 움직여지지 않았다. 강력한 기운에 짓눌린 전신이 그냥 그대로 굳어지고 있었다. 영계에서도 고수로 통하는 50갑자를 넘기는 자신의 공력마저 상대가 무슨 공격을 하고 있는지 알지도 못한 채 이렇게 당하고 있으니, 부하들의 처지는 불 보듯 뻔했다.

　'미처 공격 한번 제대로 해보지도 못했는데….'

　그의 눈에서 눈물이 주룩 흘렀다.

　서치우는 운기 조식을 하던 중 알 수 없는 것에 마음이 흐트러짐을 느꼈다. 그는 기를 한 가닥 슬며시 흘렸다. 이제 그는 능수능란하게 기를 운용하고 사용하는 것에 익숙해 있다. 한 가닥의 기로도 100갑자의 공력을 가진 상대를 제압할 만큼, 그는 세상에 존재하지 않았던 공력의 절대고수가 된 것이다.

지부일 앞에 자명이 나타났다. 그동안 계속된 주군의 도움으로 그의 공력도 이제 50갑자 이상이었다. 옴짝달싹하지 못할 상황에 눈앞에 나타난 고수를 보고 지부일은 자신과 부하들의 소멸을 직감했다.

"이렇게 허망하게 소멸하게 되는 것이 너무 서럽다. 대체 어떤 존재이기에 이리도 강한 것이냐. 내가 일찍부터 영계의 선지자 영들도 경험했지만, 이렇게 강한 기운에 이렇게 어이없이 당하는 것은 생각조차 못했다. 당신이 들어줄지 모르겠지만, 내 부하들은 놓아줄 수 없겠나. 그렇게 해준다면 나는 소멸된다 해도 고맙게 받아들이겠다."

"나의 주군께서는 너희를 소멸시키기 전에 사정을 들어보려고 나를 보내셨다. 이곳에 온 이유가 무엇이냐. 네 말대로 영계에 속한 네가 어째서 몰래 잠입을 하고, 어째서 무고한 우리를 해치려고 이 많은 수의 영들을 동원한 것이냐."

"명을 수행하는 데 이유가 왜 필요한가. 나는 이유를 모른다. 다만 명을 따르는 것이다."

"선지자 영들 중 누군가가 너를 보냈다는 말이구나."

"나의 주군은 모하도님이다."

"그분이 우리를 해치려고 했다는 말인가."

"아니다. 다만 너희가 몹시 강한 공력을 가진 세력이라고 생각하신다. 그래서 얼마나 강한지 알고 싶어서 나를 보내신 것이다."

"이해하지 못하겠다. 영계를 도우려고 우리 주군은 은둔을 벗고 나오셨다. 그러면 맞이하는 것이 옳지 않은가."

자명의 말에 지부일은 더 이상 말을 잇지 못했다. 말없이 고개를 숙이고 있는 그를 보며 자명은 영계에 알력이 있음을 눈치챘다.

"영계의 앞날이 순탄치 않겠구나."

그의 말에 지부일이 슬픈 표정으로 허공만 응시했다.

"주군은 너희를 소멸시키지 않으실 것이다. 당신 정도의 공력은 앞으로도 영계에서 소중하다고 말씀하셨다. 우리가 적으로 만나지 않기를 바란다. 그리고 우리는 영계에 적의가 없음을 전해주기 바란다."

자명이 떠나고 얼마 되지 않아 지부일과 부하들은 운신이 자유로워졌다.

봉우리 세 곳의 운무가 걷혔다. 서로가 상대방의 공력이 강력함을 알아챘기에 더 이상 머무를 이유가 없어진 것이다.

"족장님! 다녀왔습니다."

트리톤이 아트라하시스에게 경과를 보고했다.

"사람이 그토록 강한 공력을 가지는 것이 가능한 일인가요?"

그는 놀라운 마음에 독백을 하듯이 중얼거렸다.

"아주 귀하고 특별한 인연이 닿지 않는 한 불가능한 일입니다."

"특별하고 귀한 인연이라!"

그의 머릿속에 십여 년 전에 지구의 한 동굴에서 있었던 일이 잠시 스쳤다. 그곳에서 여자 사람을 구해준 것이 특별한 일이었기 때문이다.

'그렇지만 그때는 죽어가는 생명을 구해준 것 이상의 의미는 없었다.'

그는 그 생각을 지웠다.

"그러나 새롭게 나타난 저 존재가 우리에게 해가 될 만한 일은 아니라는 느낌입니다. 이는 순전히 제 느낌뿐이라서 그 이유를 보고드리지 못하겠습니다."

"세상에는 그런 경우가 많이 있지요. 저도 대장군님의 느낌을 이해하고 일부는 저 자신도 공감이 됩니다."

아트라하시스는 신중하게 고개를 끄덕였다.

히페리온은 봉우리에서부터 자신들의 뒤를 쫓아오는 한 무리를 느꼈다. 족장의 딸 레아가 같이 있어서 전투를 벌일 형편이 되지 않았지만, 저들도 공격할 의사를 가진 것으로 느껴지지 않았다. 히페리온이 길을 잠시 멈추고 기다리자 무리들이 가까이 다가왔다.

지제수는 '래리킹'을 시도했다. 고도의 영력을 가진 존재가 텔레파시를 통해 다른 생명체에게 의사를 전달하는 기법이었다.

"내가 당신의 뒤를 쫓은 것은 확인하고 싶은 것이 있기 때문이다."

"너는 우리에게 한낱 식량일 뿐인 존재임을 모르고 있구나."

"잘 알고 있다. 그렇지만 나를 식량으로 삼으려면 매우 큰 희생이 필요한 것도 당신은 이미 알고 있을 것이다."

"네 기력이 뛰어난 것을 알 수 있다. 그렇지만 너는 많은 대가를 치르더라도 얻고 싶을 만큼 가치가 있어 보인다."

"나는 당신들과 거래할 것이 있어서 온 것이다. 더 이상 잡담만 한다면 돌아가겠다."

"인령이 우리 선족과 거래를 하고 싶다니! 우습지만 놀라운 발상이다. 어디 들어나 보자."

"나는 영계의 선지자 영으로서 당신들 때문에 큰 위기에 처한 영계를 유지하기 위한 고민 끝에 이 제안을 하고자 한다. 당신들이 아무리 강하다 한들 우리 영계를 꺾기 위해서는 커다란 희생이 필요하다는 것을 알고 있을 것이다. 더구나 이미 당신들이 보았듯이 엄청난 공력을 가진 사람 영이 나타났다."

"그래서 뭐가 어떻다는 것이냐. 하고 싶은 말이 무엇인가."

"나는 영계가 너희의 식량인 인령을 보호하는 것이 불합리하다고 생각하고 있다."

히페리온은 구미가 당겼다.

"너는 누구냐."

"나는 지제수다."

"네 말의 의미는 우리가 인령을 잡아 가는 것을 방관하겠다는 뜻이냐."

"지금 당장은 다른 선지자 영들이 있어서 그렇게 할 수 없다. 너희가 도와준다면 나는 다른 선지자 영들을 물리치고, 당신들이 인영을 잡아 가는 데 방해가 되지 않도록 하겠다."

"우리와 연합하여 너의 뜻을 반대하는 선지자 영들을 제거하겠다는 말이구나."

"그렇다. 거기에 하나 더 제거할 대상이 있다. 오늘 만난 사람 영이다."

"그렇게 된다면 너는 무엇을 얻는가."

"나는 비인령들만으로 영계를 만들 것이다."

지제수의 말에 히페리온이 깜짝 놀랐다.

"식물 영과 동물 영을 네가 지켜내겠다는 말이냐."

"그렇다."

"그래서 네가 우리를 찾았구나. 인령은 우리가 확보하고 비인령은 네가 보호한다면, 눈족이 몹시 다급해지겠구나. 좋다, 내가 우리 족장님께 보고를 하고 그 뜻을 너희에게 전달하겠다."

히페리온은 뜻밖의 소득에 아주 친절해졌다.

석달타는 머잖아 영계의 분열이 닥칠 것을 불안해했다.
"지제수가 사람에게 실망이 너무 큰 나머지 인령을 포기하려 하는 것은 짐작이 가지만, 모하도가 그를 지지하는 것이 이해가 되지 않아요."
"그의 야망 때문이죠. 제 생각에는 모하도가 우리들이 있는 이상은, 이곳에서 그의 야망을 이룰 수 없다는 생각을 가졌기 때문이라고 여겨집니다. 그러던 차에 지제수가 나서자 그도 같이 행동에 나선 것으로 생각합니다."
구자가 신중한 어조로 말했다.
"영계가 둘로 나뉜다면 선족의 공략을 이겨내기가 쉽지 않을 터인데 걱정입니다. 선족 중 눈족은 비인령만 먹고, 티탄족은 인령만 먹는다고 하니, 그럼 우리는 티탄족과 싸우고, 지제수 쪽은 눈족과 싸우겠군요."
"영계의 앞날이 걱정스럽습니다."
"그래도 오늘 우리는 대단한 희망을 발견했습니다."
"이제 겨우 약관에 불과하다지요. 그럼에도 벌써 지제수의 공력을 넘어섰더군요."
"바로 그 점 때문에 지제수가 더 폭주를 하는 것입니다."
"우리도 이제 돌아갑시다. 지제수는 영계로 가지 않고 어디로 간 것일까요."
두 선지자 영은 걱정스러운 생각에 마음이 어두워졌다.

"그게 사실이라면 우리는 눈족을 제거할 절호의 기회를 맞은 것이다."
대장군의 보고를 받은 크로노스가 말했다. 삶이든 사업이든 국가 경영이든 기회가 주어져야 결실을 더욱 크게 맺는 법이다. 소위 운이라고 말하는 그것이다. 크로노스는 자신에게 그 천운이 닿았다고 여겼다.

"그가 우리에게 도움이 될지는 알 수 없지만, 적어도 영계가 분열될 것임은 분명합니다. 그렇다면 우리는 더 이상 눈족과 협력할 필요가 없다고 생각합니다. 우리의 힘만으로도 영계의 결계를 깨트리고 인령을 끌어 올 수 있게 됩니다."

"그렇지. 굳이 눈족과 불편한 동거를 할 필요가 없지. 지제수라고 했나. 그에게 우리는 비인령들에게 관심이 없으니 우리를 방해하지만 않는다면 우리도 그를 도울 것이라고 전해라. 눈족이 제거된다면 그들에게도 천적이 사라지는 것이니 환영할 것이다."

"족장님! 오늘 제가 출동해서 특이한 일을 보았습니다. 사람 생명체였는데 공력이 무척 강했습니다. 우리 장비와 무기들로 부족 여럿이 공격을 한다 해도 이길 수 없을 만큼 공력이 높았습니다. 특이한 점은 우리 선족과 무엇인지 알 수 없는 유사점이 느껴지는 것이었습니다."

"우리가 생명체에 관심을 가질 이유가 없지 않은가. 모든 생명체는 어차피 죽을 것이고, 죽어서는 영들을 남기며, 그 영들은 우리의 식량이 될 터이니! 얼마 후, 그 생명체가 죽으면 아주 고귀하고 영양이 풍부한 보약이 되겠군."

크로노스는 히페리온의 염려 섞인 보고를 대수롭지 않게 여겼다.

영계의 미래에 대한 불안함으로 걱정을 하며 서성이던 석달타는 주변을 살피며 경계하듯 조심스럽게 돌아오는 지제수 일행을 멀리서 바라보고 있었다. 그의 힘으로 잠깐씩 지탱되던 영계의 7망성형 결계가 곧 사라질 것이다. 아니 그는 영계 중에서도 비인령계만 7망성형으로 결계를 유지할 것이고, 인령계는 제외시킬 것이다. 그렇게 된다면 인령계는 자신과 구자의 공력을 합쳐 6망성형의 결계로 버텨야 한다. 물론 그마저도 현실적으로 벅차다.

'6망성형으로는 선족의 침입을 결코 막아내지 못한다. 그럼에도 지금으로서는 어떠한 방안도 떠오르지 않는구나.'

다음 날, 지제수는 선지자 영 회합을 요청했다.

"제가 환생을 다녀온 뒤, 부끄럽게도 오히려 공력이 손실되었습니다. 그래서 부득이하게 제가 펼치고 있는 7망성형 결계를 비인령계로 한정하려 합니다. 선지자 영님들께서는 부디 제 사정을 헤아려 허락하시기 바랍니다."

"얼마간이라도 말미를 주실 수는 없는 일이오?"

"물론 대비를 하실 시간을 드려야지요. 얼마간은 인령계에도 7망성형을 유지하겠습니다. 그러나 그리 오래 유지하기엔 아쉽게도 제 능력이 부족함을 거듭 말씀드립니다."

매몰차게 느껴질 만큼 간단하게 통보를 마친 지제수와 모하도가 자리를 떴다.

석달타와 구자는 망연하게 자리를 지키고 있었다. 인령계를 노리는 티탄족의 공격을 막아낼 방도가 떠오르지 않았다.

"머잖아 영계의 인령들은 모두 저들의 먹잇감 신세가 되겠군요."

한참을 그렇게 넋을 잃고 있던 두 선지자 영의 눈길이 마주쳤다. 그리고 희미하게 웃음이 번지고 있는 서로를 바라보았다. 어떤 생각이 일치되는 염화시중의 미소였다.

"구자님, '적의 적은 동지'를 떠올린 거죠?"

"석달타님도 눈족을 생각해 내신 것인가요?"

"예, 지제수가 비인령계를 7망성형으로 결계를 친다면 눈족은 굶주림을 면치 못합니다. 티탄족이 인령계를 공략해서 풍부한 식량으로 번성하게 되는 것과는 대비되는 결과지요. 눈족의 힘을 빌립시다.”

"그러고 보면 어제 지제수는 이미 티탄족과 모종의 모의를 하고 온 것일지도 모르겠군요. 만약 그렇다면 이제 사태는 걷잡을 수 없는 지경에 이르겠군요.”

서로가 얽히고설킨 이해와 생존 전략으로 영계에 점점 더 짙은 암운이 드리우고 있었다.

서치우 일행이 세상의 여러 곳에 있는 볼텍스를 주유하고 마니산으로 다시 돌아왔다. 그러는 사이에 그의 일행은 수가 급속하게 불어났다.

"주군! 우리를 따르는 무리가 많아져서 이제는 조직을 정비해야 할 지경입니다.”

자명이 즐거운 비명을 질렀다.

"저는 이렇게 많은 영들이 우리를 따르는 이유가 짐작이 되지 않습니다.”

"이것은 자연스러운 이끌림이라고 저는 생각합니다. 마치 산속의 작은 물줄기가 냇물을 만나고 강을 이루어 바다라는 커다란 세상이 만들어지는 이치와 같습니다. 산속의 물줄기가 바다를 계획하고 흐르지는 않습니다. 우리가 볼텍스를 주유한 이유가 그곳에 가면 선족에게 잡히는 영들이 있으므로 그 영들을 구하기 위함이었습니다. 그런데 이렇게 많은 영들이 우리를 따르는 결과가 생겨났습니다. 이제 주군을 구심점으로 하나의 세상이 다시 만들어지는 것입니다. 강함이 만들어내는 결과입니다. 저들은 다만 강함에 이끌렸고, 그 힘에 의지하여 안전을 누리고자 함입니다.”

"우리가 앞으로 무엇을 해야 할까요.”

"저는 우리의 이름을 정하고, 우리에게 합류한 영들 중에서 공력이 높은 이들에게 조직을 이끌도록 했으면 합니다. 그래야 점점 늘어나는 영들을 안전하게 이끌어 나갈 수 있습니다."

"선족의 공격으로부터 영들을 보호하려면 어느 정도 공력이 있어야 할까요."

"제 생각에는 30갑자 이상은 되어야 한다고 생각합니다."

"그만한 공력을 가진 영들이 우리 중에 얼마나 될까요."

"일백 이상은 족히 됩니다. 그리고 우리 이름을 저는 주군의 이름을 빌어 '치우계'로 하고 싶습니다. 어떠십니까."

"자명님의 생각대로 하시지요."

불안한 영계에 소문이 이미 파다해졌다. 영계에 머물던 많은 영들이 그곳을 떠나 서치우 일행으로 속속 합류를 시작했다. 자명은 30갑자 이상의 영들을 대상으로 회합을 열었다. 그들 중에는 50갑자 이상의 영이 열다섯이었다.

"우리에게 모여든 영이 수천을 넘었고 그 수가 지속적으로 증가하고 있습니다. 혼란을 방지하고 언제 있을지 모르는 선족의 공격을 방비하려면 조직을 정비해야 합니다. 우선 우리의 이름은 '치우계'로 정했습니다. 또한 여기에는 50갑자 이상으로 공력이 높으신 열다섯 분이 계십니다. 오늘부터 '치우계'는 15개 조직으로 편성하고, 명칭은 '대(隊)'로 하겠습니다."

이로써 마니산의 공중에 또 하나의 강력한 영계 조직이 자리를 잡았다.

"티탄족이 영계의 지도자와 만난 정보가 입수되었습니다."

토마스 부관의 보고를 받은 트리톤은 긴장하였다. 그의 머릿속에는 얼마 전 화산 볼텍스에서 감지한 먼 거리에서도 느껴지던, 강력한 생명체의 기운에 대한 여운과 의문이 남아있어 영계와 티탄족의 동향을 주시하고 있던 중이었기 때문이다.

"그들이 만났다면 영계의 비인령계를 이끄는 자와 티탄족의 회동이었겠구나. 이 일은 우리 부족에게 큰 위기가 될 수 있다. 부관은 저들의 동향을 계속 살피고, 내가 영계에서 인령계를 이끄는 지도자와 회합을 가질 수 있도록 준비해라. 그리고 우리가 만들던 신무기 개발은 어떻게 되고 있나."

"거의 완성되었습니다. 조만간 족장님과 대장군님 앞에 시연을 하겠습니다."

"잘됐구나. 그동안 수고 많았다."

트리톤은 그 길로 아트라하시스를 찾아갔다.

"족장님께 보고드릴 사안이 있습니다."

그는 최근에 영계에 내분이 일어난 일과 화산 볼텍스에서 있었던 일, 그리고 티탄족과 영계의 동향을 보고했다.

"한 가지 족장님께 여쭐 일이 있습니다. 저는 아직 의문점을 풀지 못했습니다. 그 강력한 생명체의 기운에 대해서입니다. 아직 스무 해를 넘기지 못한 생명체인데 기운이 강하기가 비할 데가 없었습니다. 그럼에도 기운은 몹시 맑고 청아했습니다. 이는 제가 어린 시절에 느꼈던 아툼 족장님의 기운을 연상시켰습니다."

"스물을 넘기지 못한 사람의 생명체에 그렇게 강력한 공력이 과연 가능한가요?"

"불가능합니다. 반드시 어떤 인연이 작용한 경우에만 있을 수 있는 일입니다."

아트라하시스의 머리에 지구에서 있었던 십수 년 전의 일이 새삼 다시 떠올랐다.

'대장군의 말처럼 아버지의 기운을 가졌다면 예사로운 일이 아니다. 더구나 지구의 생명체에게서라니! 그의 감각이 틀릴 수는 없는 일이지 않은가. 그렇지만 아니다, 있을 수 없다. 나는 그 여인을 구하려고 단지 내 기운만 잠시 나누었을 뿐이었다.'

혼란스러움에 그는 머리를 흔들고 생각을 털어내려 애썼다.

소멸 극복

*

"구자님, 저와 함께 외출을 하시지요."
석달타가 약간은 상기된 표정으로 구자를 찾았다.
"무슨 좋은 일이라도 있으십니까."
"그건 아닙니다. 다만 조금 기대가 돼서요."
영문을 몰라 하는 구자에게 석달타는 그저 미소만 보였다.
그는 마니산에 생겼다는 '치우계'에 관한 소식을 부하 영들에게 들었다. 이미 영계의 일부 영들이 그곳으로 이동하고 있다며 부하는 그곳에 관한 여러 정보도 곁들여 보고했다. 그는 새로움이 주는 신선함과 서치우라는 독특한 존재에 대한 궁금증에, 막연하지만 '선함'에 대한 기대까지 더하여, 영계의 불안한 미래에 대한 희망까지를 얹어 보았다.
"저는 우리 영계의 희망을 치우계에 걸어 보고 있습니다."
"저도 그곳에 대한 소문은 듣고 있었습니다. 화산 볼텍스에서의 느낌이 인상적이었습니다."
"그곳에 서치우가 있다고 합니다. 그를 만나서 영계의 미래를 그에게 의지해도 될지 가늠해 보고자 합니다."
"그러시다면 저도 같이 가보고 싶네요. 그들과 만난 적이 있는 구르제프도 같이 동행하심이 어떠십니까."

"좋은 생각이십니다."

치우계에 도착한 세 영은 영채가 내뿜는 기운에 놀랐다.

"이 신선한 기운은 우리가 마치 2천 년 전에 영계를 만들었을 때의 기운과 너무도 흡사합니다. 그 시절의 감회가 떠오르는군요."

"저는 상서로움마저 느껴집니다. 초기의 우리 영채가 그랬었습니다. 제게도 석달타님의 기대가 어쩌면 현실이 될 수도 있다는 희망이 생깁니다."

치우계 영채는 작지만 견고했다. 보석처럼 영롱한 광채가 나는 듯 생기를 내뿜었다.

"저건 7망성형의 결계 아닙니까?"

구르제프가 놀라며 말했다.

그제야 두 선지자 영이 다시금 영채를 살폈다.

"오! 정말 7망성형 결계입니다. 오로지 서치우 혼자만의 영력으로 7망성형을 전개하다니⋯ 그의 공력이 얼마가 고강한지 가늠조차 되지 않는군요."

그들이 영채에 다가서자 영채 입구가 열리더니 자명이 나타났다.

"구르제프님, 반갑습니다."

"이렇게 다시 보니 반갑습니다. 영계의 선지자 영님들과 다시 찾아왔습니다."

자명은 구르제프 뒤에 있는 두 영을 바라보았다. 그들에게서는 따뜻하고 온화한 기운이 감돌아 마치 푸근한 어머니의 품 같은 안락함이 전달되었다.

'마치 한가위의 보름달 같아. 치우님에게서 느껴지는 푸르름과 또 다른 경지의 공력이다.'

자명이 일행을 서치우에게로 안내했다.

그는 두 선지자 영을 만나자 바닥에 부복했다. 그러자 두 선지자 영이 인자한 미소를 띠며 같이 바닥에 부복을 했다.

'선지자 영들이 바닥에 부복을 하다니!'

이 모습을 보던 치우계의 모든 영들도 함께 바닥에 부복했다. 상상 속에서도 볼 수 없는 광경에 모든 영들은 깊은 감동을 받았다. 새삼스레 자신들이 속한 치우계에 대한 자긍심이 피어오르고, 선지자 영들에 대한 존경심도 솟아났다.

일행이 안채에 자리를 잡자 서치우가 묘화를 소개했다. 그녀는 석달타와 구자 모두에게 신앙에 가까운 공경심을 가지고 있었다. 그녀의 무속 생활은 두 영의 가르침에 상당 부분 영향을 받고 있었기 때문이다.

"묘화가 거룩하신 두 선지자님들을 감히 알현하나이다."

"그대가 지극한 공경을 보이는 이유는 짐작하나, 그러지 마시지요. 나 역시 그대를 서치우의 어머니로서 고귀하게 여기기 때문입니다."

두 선지자영이 부복한 묘화를 서둘러 일으켜 세웠다.

"두 선지자 영님께서 무슨 일로 저희 영채를 찾아 주셨습니까."

"우리 영채의 사정을 잘 알고 있으리라 여깁니다. 치우계를 보니 7망성형의 결계를 이루셨더군요. 머잖아 지제수가 우리 영채의 결계를 거둘 것입니다. 그렇게 되면 우리는 티탄족을 막을 수 없게 됩니다. 사실은 치우계를 살펴보고자 찾아왔지만, 이곳의 결계를 보고는 생각이 바뀌었습니다. 우리 영채에 도움을 부탁드립니다."

"제가 자명의 도움으로 결계를 펼쳐보았지만, 저는 이 결계가 7망성형인 것도 모르고 있습니다. 제 공력으로 과연 영계에 결계가 가능할지 모르겠습니다."

"물론 영채 두 곳을 혼자서 감당하도록 두지는 않을 것입니다. 우리 두 영도 미력이나마 보태면 어렵지 않을 것으로 생각됩니다."

옆에서 대화를 듣고 있던 자명이 말했다.

"제가 의견을 올려도 되겠습니까."

"물론이라네. 거리낌 없이 말해 보게."

"감히 여쭙습니다. 비록 지금은 치우계가 안정을 이루고 있으나, 영계까지 저희 주군께서 감당하시면 두 영채 모두에게 빈틈이 생길까 염려됩니다. 만약 가능한 일이라면 두 영계를 합치는 방안은 어떠신지요."

자명의 말에 주변이 일순간에 조용해졌다. 현재 치우계 영채를 이곳 마니산에 둔 것은 다른 볼텍스에 비해 부족하지 않는 장소이기도 하지만 서치우 모자가 아직 생명체이기 때문이다. 섭생이 불필요한 영들과는 다른 상태이므로 지상에 머물러야 했다. 그런데 자명의 생각처럼 두 영채가 합쳐지려면 영계의 영채가 이곳으로 와 치우계에 흡수되어야 한다는 의미였다.

"우리가 이곳에 온 것은 가벼운 나들이 정도의 생각이었습니다. 지금 제기된 방법은 우리가 비록 선지자 영이라 하더라도 지금 당장 결정하기에는 곤란한 일입니다. 여럿의 의견을 들어야 합니다. 다만, 저는 그 방법도 신중하게 고려할 수 있다고 생각합니다."

석달타의 말에 곁에 있던 구자도 동의한다는 듯이 고개를 끄덕이고 있었다.

지제수가 모하도와 함께 석달타를 찾았다. 마침 그는 구자와 함께 치우계에서 있던 일을 상의하던 중이었다. 그들의 방문에 석달타는 긴장했다. 아마도 지제수가 최후통첩을 하려고 왔을 것이기 때문이었다.

"어서들 오세요. 요즘은 어떠십니까?"

"비인령계를 꾸려나갈 준비에 여념이 없습니다. 그래서 일정을 말씀드릴 겸 찾아왔습니다."

"생각이 확고하시군요. 영계의 결계는 언제쯤 거두실 생각이십니까?"

"비인령계는 한 달 후에 화산으로 옮겨질 것입니다. 영계에 남겨질 인령들에게는 이제 한 달의 여유가 있는 셈이지요."

"계획을 실행하시는 데 거침이 없으시군요. 안타깝고 아쉽습니다."

"제 이상이 두 분과 맞지 않으니 어쩔 도리가 없습니다. 비인령계가 가지는 가치는 인령계의 가치보다 결코 부족하지 않습니다. 사람도 하나의 품종에 불과합니다. 그럼에도 세상의 모든 다른 품종들에게 해악을 줍니다. 이는 결코 바람직하지 못합니다. 하나의 종으로 인해 수천의 다른 종들이 피해를 당하고 심지어 멸종되는 현실을 더 이상 방관해서는 안 됩니다. 사람이 다른 생명체들과 공존하도록 바꿔야 하는데 제가 본 '사람'에게는 그럴 가능성이 없습니다. 두 분 선지자 영께서 이 사실을 모르신다고 생각하지 않습니다. 그래서 사람을 깨우치시려 지금까지 노력을 다하시고 있지 않습니까. 그렇지만 사람은 달라지지 않았고 앞으로도 달라지지 않는다고 저는 확신합니다. 사람에게는 더 이상의 자비가 필요하지 않습니다. 제가 영계와 결별을 서두르는 이유입니다. 제게 거침이 없다고 하신 말씀에 대한 제 답변입니다."

"우리가 한때 사람이었기에 사람을 구제하려는 것은 아닙니다. 사람이 지금은 만물에게 해악이 되는 품종이지만, 만약 달라지도록 만들 수 있다면 만물을 가장 잘 보살피고 만물에게 가장 이로운 품종이 될 수 있기에 우리는 희망을 버리지 못하는 것입니다."

구자가 모처럼 길게 말했다.

"불행하게도 우리는 그 희망을 거둔 것이고요. 그 희망에 연연하기보다는 비인령계를 보호하는 것이 훨씬 효과적이라는 마지막 결론입니다."

듣고 있던 모하도가 거들었다. 결국 네 선지자 영은 서로의 생각이 다름만 확인한 채로 돌아섰다. 이제 영계의 분열을 막을 마지막 기회마저도 사라지고 말았다.

인령계의 지도자 영들이 한자리에 모였다.

"2천 년을 이어져 온 선지자 영들 사이의 신뢰가 무너지고 급기야 갈라지는 사태가 발생했습니다. 우리 영계는 앞으로 한 달 후부터 결계의 보호를 받을 수 없게 되었음을 발표합니다."

구자가 서두를 열었다.

"우리는 이제 중요한 결단을 해야 할 시점에 도달하였습니다. 7망성형을 잃는 의미를 여러분 모두 잘 아실 것입니다. 다행스럽게도 위기에 빠진 우리가 도움을 받을 수 있는 강력한 결계가 가능한 영을 찾았습니다. 그들은 현재 '치우계'라는 영계를 구축하고 있습니다. 분열된 우리 영계에 닥친 위기를 피하기 위해서는 치우계와 연합하는 방법이 유일합니다. 이견이나 대안이 있다면 이 자리에서 밝혀주십시오."

석달타의 말에 좌중은 크게 술렁였으나 그동안의 영계 형편을 잘 아는 그들은 아무도 다른 의견을 제시하지 못했다. 잠시 시간을 두었던 그가 말을 이어갔다.

"누구라도 쉽게 판단하기는 어려울 것입니다. 그들과 연합한다는 의미는 '치우계'가 있는 마니산으로 영채를 옮긴다는 의미니까요. 우리 두 선지자 영에게 판단을 위임하신다면 우리가 적절한 방안을 찾아보겠습니다."

좌중은 만장일치로 찬성을 보냈다.

아군과 적군의 경계가 명확해졌다. 그리고 대결 구도도 확실해졌다. 선족의 눈족과 티탄족, 영계의 인령계와 비인령계.

먹잇감에서 벗어나야 하는 숙명과 먹이를 얻어야 생존이 가능한 사슬의 고리에 묶인 그들이지만 지금은 서로에게 상대방을 견제하는 도구로서 필요한 존재들이었다. 인령계는 치우계와의 통합을 가속화하고 서둘러 눈족과 연합을 꾀했다.

"족장님! 영계에서 우리와 연합하고 싶다며 찾아왔습니다. 우리가 식량으로 삼고 있는 동식물 영의 지도자들이 영계와 결별하고 티탄족과 연합한 정황이 파악되었습니다. 이는 우리의 식량 사정이 악화되는 것을 노리는 크로노스의 노림수입니다."

"티탄족이 우리 식량 영들을 보호한다면, 우리 부족에게 큰 위기가 닥치겠군요. 우리도 티탄족에게 타격을 주기 위해서는 사람의 영들을 보호해야만 하는 형편이 되었네요."

"이 사정을 아는 영계의 잔존 세력이 우리를 찾아온 것입니다. 우리에게도 저들과 연합하여 도움을 주는 것이 손해될 일은 아니라고 생각합니다."

"저들과 만나봅시다."

석달타와 구자를 만난 아트라하시스는 마음의 긴장이 풀어지는 것을 느꼈다. 하찮은 먹이 영들로만 여겼던 그들이 선대의 족장들에 견주어도 손색이 없는 품위를 지녔고, 그 인품이 주는 넉넉함이 그의 마음을 부드럽게 보듬는 듯했다.

"어서 오세요!"

그런 느낌에 당황한 그가 과장된 몸짓과 말투로 그들을 맞았다.

"족장님의 환대에 깊이 감사드립니다."

두 영은 예상외의 분위기에 안도했다. 첫 만남의 시작이 순조로웠다.

지제수는 서둘러 화산 볼텍스에 7망성형을 전개했다.

"모하도 선지자가 비인령계의 일들을 맡아주어야 하겠소. 나는 결계를 유지하는 데 내 공력 모두를 걸어야 겨우 가능한 지경이오."

그는 자신의 공력이 시간이 지남에 따라 쇠약해지고 있음을 숨기지 못했다.

"걱정하지 마세요. 오직 결계를 유지하시는 데에만 집중하시도록 제가 잘 유지하겠습니다."

"조만간 히페리온을 만나야 합니다. 티탄족과 연계를 확실하게 다져야 우리가 살아남을 수 있습니다."

"혹시 '치우계'라는 곳 소식 들은 적이 있습니까?"

"아니요. 나는 비인령계를 이곳으로 옮기느라 여념이 없었소. 그게 무엇이오?"

"인령계가 그곳으로 흡수되었다는 소문입니다."

"그것은 또 무슨 말이오. 이름조차 낯선 곳으로 인령계가 들어가다니요."

"우리가 지난번 이곳에서 본 적이 있는 '서치우'라는 사람이 홀로 7

망성형 결계를 이루고 있는 것을 본 인령계 선지자 영들이 자청해서 그곳으로 들어갔답니다."

"사람의 몸으로 7망성형을 전개했다고요? 잘못 아신 거 아니오, 그게 가능한 일이 아니잖소."

지제수가 모하도에게 핀잔하듯 말했다.

"그게 사실이니 더 놀랍지요."

지제수는 망연자실했다. 모든 인류 중에서 자신이 가장 강하다는 자존심이 형편없이 무너지게 된 것이다. 그 자긍심 하나로 그나마 버텨내던 그의 마지막 남은 마음속 평정의 둑이 '퍽' 소리와 함께 터져 버렸다. 한번 무너진 둑은 걷잡을 수 없도록 그를 삽시간에 질투의 화신으로 만들어버렸다.

"내가 무슨 수를 쓰든 '서치우'를 제거하겠소!"

모하도가 지제수와 한 무리가 된 것은 자신의 야망 때문이다. 그가 이 사실을 모르지 않을 터인데도 지금 자신의 약점을 드러내고 있는 것이 의아했다.

'지제수가 정말 자제력을 상실했구나! 이 상황을 잘 이용한다면, 머잖아 내 세상을 만들어 낼 수도 있을 것이다.'

세상 사람들이 보기에 서치우와 묘화는 마니산이 좋아서 매일 등산하는 사이좋은 모자간이었다. 그들은 하루도 빠짐없이 아침 일찍 산에 올라 해가 떨어져서야 산에서 내려왔다. 그는 강화섬 전체에 결계를 펼쳤지만 공력이 소진되는 것을 전혀 느끼지 못할 정도였다. 더구나 새로 늘어난 영들로 인해 치우계는 규모가 네 배로 늘어났지만, 오히려 더 여유롭기까지 했다.

"주군의 공력은 깊이를 알 수 없습니다."

자명의 말에 그는 웃으며 말했다.

"제가 두 분 선지자 영을 뵈니 오히려 힘이 생기는 듯합니다. 두 분은 정말 위대하십니다."

"저도 직접 뵈니 더욱 그런 생각이 들고 존경심이 우러납니다. 주군께서는 지금 두 분의 공력에 도움을 받지 않고도 거대한 7망성형을 유지하고 계십니다. 만약에 두 분에게서 공력을 도움받는다면 이제 주군께서는 8망성형을 펼치는 것도 가능하다고 저는 생각합니다."

"그게 무슨 의미인지 저는 잘 모르겠습니다."

"지금의 7망성형의 강도를 쇠붙이에 비유한다면, 8망성형은 금강석에 비유할 수 있습니다. 무엇으로도 깨뜨리지 못하는 결계를 말합니다."

"선족의 공격까지도 무력화시킬 수 있다는 뜻입니까?"

"7망성형으로도 선족의 공략에 100일 이상은 거뜬합니다. 그런데 8망성형은 그 누구의, 그 어떤 형태의 공격에도 결코 무너지지 않습니다."

"정말로 이루어 보고 싶군요."

"저는 이제 치우계가 난공불락이 될 것으로 생각됩니다."

지제수의 말을 들은 히페리온이 크게 놀랐다.

"인령들이 모두 치우계로 합류되었고 치우계의 결계가 그토록 견고하다면, 우리 티탄족은 머지않아 식량 부족에 시달릴 것이라는 말이 아니오."

"방법은 오직 하나뿐입니다. 치우계를 무너트려야 합니다."

"우리도 그러고 싶소. 그런데 방법이 없지 않소."

"티탄족이 전력을 다해도 무너트릴 방법이 없다는 말입니까."

"살아 있는 생명체에게는 더욱 어렵소. 서치우가 영이 아닌 사람이 잖소."

지제수는 낙담하여 화산으로 돌아왔다. 참담함에 그는 며칠을 두문불출했다. 생각이 깊어질수록 한 가지 방향으로만 수렴되어갔다.

'오직 나만이 신의 외아들, 독생자여야만 하고 모든 인류들 중에 최고여야 한다. 참혹한 어린 시절을 견디고, 인도까지 떠돌며 진리를 구한 이유는 오직 나만이 인류의 구원자임을 증명하고자 하는 이유였다. 수천 년을 지켜온 나의 아성을 풋내기에게 빼앗길 수는 없다. 나의 모든 것을 걸고 꼭 서치우를 제거하여 티탄족의 먹잇감으로 던져주고야 말겠다.'

그는 이제 돌이킬 길이 없는 악의 화신이 되어 있었다.

비인령계를 관리하느라 여념이 없는 모하도 앞에, 두문불출하던 지제수가 어느 날 히죽이 웃으며 나타났다. 모하도는 순간 그의 정신이 이상해진 것이 아닌가 하는 생각마저 얼핏 들었을 정도였다.

"지제수님 괜찮으신가요?"

"내가 어디 이상해 보이나요? 나는 지금 기분이 너무 좋습니다."

"혹시 치우계를 무너트릴 기막힌 생각이라도 떠오른 겁니까?"

농담 삼아 가볍게 모하도가 던진 말이었다.

"그걸 어떻게 알았죠? 바로 그겁니다."

그냥 지나가는 말로 물어보던 모하도는 깜짝 놀라 지제수 앞으로 다가섰다.

"정말입니까?"

"내 말해주리다. 서치우에게 어미가 있다고 했지요. 그 어미는 공력이 그다지 높지 않으니 나 혼자의 힘으로도 능히 잡아올 수가 있어요.

그 여자를 인질로 삼아 서치우를 제거해서 치우계를 무너트릴 겁니다."

가까이 다가선 그에게 자랑하는 지제수의 눈빛은 간교함이 가득했다. 희번덕이는 그 눈에는 광기마저 어렸다.

'머지않아 영계 전부를 내 손아귀에 쥘 날이 정말로 오겠구나.'

모하도의 의미심장한 웃음을 자기의 아이디어에 공감하는 것으로 착각한 지제수는 매우 만족한 듯 껄껄 웃으며 오던 길을 뒤돌아 갔다.

아트라하시스는 치우계를 직접 확인할 필요를 느꼈다.

"트리톤 대장군님. 부관 토마스와 여럿이 치우계에 다녀와야겠습니다."

"알겠습니다. 저도 한번 살펴보고 싶었습니다."

눈족 족장의 방문 소식에 치우계는 분주해졌다.

"주군, 이 기회에 8망성형 결계를 눈족에게 과시하시는 것은 어떻겠습니까."

"우리의 힘을 보여주자는 말이군요. 선지자 영님들의 의견은 어떠십니까."

석달타가 입을 열었다.

"우리 셋이 공력을 모으면 8망성형이 가능하다는 말을 자명에게서 들었습니다. 그렇지만 지난번에 우리는 눈족을 방문해서 도움을 요청했습니다. 지금은 우리가 강함을 자랑할 시기가 아니라는 생각이 들어요. 눈족마저도 우리를 경계하게 만들어서는 안 됩니다."

"'타초경사'라는 말이 있습니다. 오히려 눈족이 우리를 잠재적인 위험 대상으로 보게 만들까 봐 우려가 생깁니다."

구자도 부정적인 의견을 나타내자, 자명이 말했다.

"제가 부족하였습니다. 앞으로 자중하겠습니다."

"아닙니다. 자명의 생각도 일리가 있습니다. 다만, 지금이 아닐 뿐이고, 우리도 자명의 설명 덕에 8망성형을 알게 되었잖아요."
석달타가 인자하게 자명을 위로하였다.

아트라하시스 일행이 치우계에 들어섰다.
'이곳은 무척 강함에도 그 강력함을 일부러 드러내지 않고 있거나, 스스로가 모르고 있구나.'
대장군 트리톤마저도 약간 위축된 모습마저 보이고 있었다.
"족장님, 제가 속으로 생각했던 것과 매우 다릅니다."
사실 그는 그들의 먹이에 불과한 영들이 대수롭지 않았다. 고향인 쿠드나호라에도 사람 정도의 고등 동물이 있었다. 기껏해야 그 정도 아니겠나 하는 생각이었다. 그렇지만 달랐다. 지난번에 자신들을 찾은 영들이 그랬고, 지금 이곳이 그랬다.
치우계의 지도자급들이 모인 자리에 눈족 일행이 들어와 자리를 잡았다. 뒤이어 선지자 영들이 들어서고 서치우와 묘화도 입장했다.
자명이 좌중에게 양측을 소개했다. 일상적이고 평이한 진행이었다. 끝으로 자명은 묘화를 소개했다. 무심하게 소개되는 대상을 하나하나 눈길로 따라가던 아트라하시스의 시선이 묘하게 흔들렸다.
"대장군님, 지금 소개된 사람이 서치우의 어머니라고 말했지요?"
"저도 그렇게 들었습니다."
그의 기억이 한 장면을 다시 떠올렸다.
'저 여자는 내가 동굴에서 구해준 사람이 분명하다. 어떻게 이 자리에 있을까.'
그녀에 앞서 호명된 서치우도 낯선 모습이 아니라는 생각이 얼핏 들었던 것도 이상했다.
'분명히 처음 보는데, 확실히 기시감이 있다.'
그는 차분하게 두 사람을 잠시 더 지켜보기로 했다.

서치우는 좌중을 둘러보았다. 짧은 시간이었지만 주변의 많은 것들이 변했고, 많은 일들이 일어났다. 거마산에서 자명을 구한 뒤에 모든 것들의 변화가 시작되었다. 마치 예정되어 있기라도 했던 일들이 순차적으로 진행되는 것처럼!
'이 모든 것들의 시작이 사실은 신비한 복숭아였어. 그것을 먹은 뒤부터 내 몸과 내 주변의 모든 것들이 달라졌다. 거기에 자명이 나타난 거지.'
그를 구한 것은 서치우에게도 큰 행운이었다. 영의 세계에서 일어나는 일들을 살아 있는 동안의 연구를 통해 속속들이 알고 있던 자명이었기에 오늘의 이 자리가 있을 수 있었다.
자명으로 인해 자신의 소명을 알았고, 그를 통해 시대적인 과업을 깨달았으며, 지향점을 얻었고, 내재되어 있던 능력과 삶과 세상을 통찰하는 지혜를 깨우쳤다. 그리고 선족이라는 거대한 존재에 맞닥뜨린 위기 속에서도 영의 세계를 감당하고 있는 자신이 이 자리에 존재하게 되었다. 스스로도 가늠되지 않을 만큼 강력한 공력이 어떻게 생겨난 것인지 자신도 아직 알지 못하지만, 그 공력을 무엇을 위해 사용해야 하는 것인지는 잘 알고 있었다.
서치우는 회의장에 들어서면서 무엇인가 마음을 건드리는 것이 있음을 느꼈다.
'눈족의 일행 중에 나와 관련된 인연이 분명히 있다.'

그의 본능이 속삭였다. 다만 그 인연이 선악 중 무엇인지는 아직은 알 수 없었다.

협상 상대방에 대한 신뢰와 선의를 확인하는 회의의 모든 일정을 마치자, 양측은 대표자들이 합의된 내용을 성실하게 이행함을 약속하는 의미로 서치우와 아트라하시스가 가벼운 포옹을 하는 형식을 취하기로 했다. 둘이 회의장 중앙으로 나왔다. 참석자들이 박수와 환호를 보내는 중에 둘은 마침내 마주섰다. 서로를 마주보는 시선이 잠시 서로에게 머물렀다. 그 순간 둘의 심장은 격렬하게 반응했다. 주변의 누구도 느끼지 못할 감정이 두 사람을 감쌌다. 주춤주춤 서로에게 다가서며 둘은 가벼운 포옹을 했다.
'연결되어짐….'
짧은 순간 맞닿은 심장들의 떨림을 두 두뇌는 재빨리 포착했다. 그리고 둘의 머리에 하나의 느낌이 동시에 스쳤다. 포옹을 푼 그들은 어리둥절해 잠시 갈피를 잃었다.
'무엇과 무엇이 무엇으로 어떻게 연결되어졌다는 느낌이었을까?'
혼란스러운 마음을 간직한 채 둘은 각자의 자리로 돌아갔다.

회의를 마치고 달의 기지로 돌아온 아트라하시스는 치우계에서 느낀 감정들을 떨쳐낼 수 없었다. 마치 소중하게 간직하다 잃어버렸던 귀한 물건을 우연히 찾았을 때의 느낌처럼, 사막에서 헤매다 극에 달한 갈증으로 쓰러지려는 찰나에 오아시스를 발견한 듯한, 배고픔에 칭얼거리는 아이에게 맛있는 음식을 든 엄마가 다가가 아이의 입에 음식을 넣어주는 순간 배시시 웃음 번지는 행복감처럼, 눈물이 찔끔 나오는 마음의 격랑이 좀처럼 가라앉지 않았다. 더구나 심장이 말한 '연결되어짐'이 도대체 무슨 뜻인가!

"대장군님, 서치우에 대한 자료가 있나요?"

"예. 치우계에 관한 풍문이 떠돌 때부터 틈틈이 정보를 취합해 두었습니다."

트리톤이 건넨 자료를 확인하던 그는 일반적이지 않은 그의 이력들을 확인할 수 있었다.

"치우계에서 묘화는 아들을 신령님의 점지로 얻었다고 말하는군요."

"상식적으로 말이 안 되는 그녀의 주장임에도 워낙 서치우가 특별해서 주위에서는 그냥 믿어주고 있는 듯 여겨집니다. 강력한 그의 존재 자체가 상식적이지 않으니까요."

"어떤 인연이 닿으면 인간의 몸으로 그렇게까지 강해질 수 있게 될까."

아트라하시스의 혼잣말 같은 중얼거림에 트리톤은 어렸을 적에 그의 할아버지가 들려준 옛날이야기를 떠올렸다.

"족장님! 우리 부족이 쿠트나호라에 살던 시절에 전해 오던 전설을 들으신 적이 있으신가요?"

"글쎄요, 어떤 이야기였죠?"

"언젠가 우리 부족 중에 신선계의 복숭아를 먹은 자가 나타나서 부족을 위기에서 구한다는 믿지 못할 이야기입니다."

"그런 인물이라면 쿠트나호라에 재앙이 닥쳤을 때 오셨어야지요."

둘은 허허 웃고 말았다.

아트라하시스와 마찬가지로, 누구에게도 물을 수 없는 이상한 느낌을 해소하지 못한 서치우는 마니산 정상 부근의 널찍한 바위에 걸터앉아서 하늘만 멍하니 바라보고 있었다. 너르게 펼쳐진 벌판의 끝 지점에 바다가 흐르고 또 그 너머로 육지가 보였다. 가을걷이에 한창인 사람들 위로 갈매기가 오가는 풍경은 한가롭고 여유롭고 무심한데 그의 마음에는 이해하지 못할 감정이 자신이 앉은 바위보다 크고 무겁게 자리하고 있었다. 사춘기에 막연히 이성을 사모하며 가슴 떨려 하듯이 자신의 심장은 며칠째 가쁘게 내달리고 있어 도무지 진정이 되지 않았다.

그날 회의장에 들어서면서 인연을 느낀 것과 눈족의 족장과 마주했을 때의 뭉클한 감정, 그리고 들려온 심장의 속삭임!

'며칠이 지난 지금에도 너무나 생생해.'

멀찍이 주군을 바라보던 자명이 머리를 갸웃했다.

'무엇이 주군의 마음을 저리도 흔들고 있을까?'

오로지 서치우만 바라보며 살고 있는 자명의 눈에 주군의 흔들리는 마음은 너무 쉽게 포착되었다. 우선 염려가 생겼다. 내공이 막강하다고 해도, 아직 스물도 안 된 젊은이다. 치우계를 짊어지고 있다는 의미가 무엇인지 잘 알고 있을 주군이라서, 그 막중함이 마음을 힘들게 하고 있지나 않을까. 더구나 치우계가 갑자기 영계를 받아들임으로 인해 규모가 급격하게 커졌다. 혹은 혈기 왕성한 나이가 부르는 젊음의 방황일지도 모른다. 오히려 그것이라면 시간이 흐르면 해결될 일이니 크게 염려할 바는 아니다.

'묘화님에게 상의드리는 것이 좋겠다.'

그 이유가 무엇이든 주변에서 도움을 주는 편이 낫다고 자명은 생각했다.

"저에게도 어미로서의 느낌이 있었어요."

"눈치채고 계셨군요."

"제게 짚이는 것이 있으니 기회를 봐서 얘기를 나눠 볼게요."

묘화도 눈족이 다녀가던 날 그들의 족장에게서 느낀 미묘함이 마음에 걸렸던 참이었다. 그러던 차에 족장을 마주하고 오는 아들의 얼굴에서 그녀는 그에게도 미묘한 일이 일어났음을 눈치챘다. 처음 만나는 그에게서 자신과 아들의 마음을 흔들리게 하는 정체에 대해 고민스러웠던 그녀다.

"치우야, 우리 바닷가에 산책 다녀올까?"

저녁을 마친 묘화가 말했다. 마음에 이는 바람으로 스산했던 그는 선뜻 동의했다. 그리 멀리 걷지 않아도 금세 바닷가에 닿았다. 깊어가는 가을의 밤 날씨지만 바람이 차지 않아 여유로웠다. 발에 닿을 듯이 다가서는 잔파도의 희끗한 포말은 사람이 파도를 피하는 듯 파도가 사람을 피하는 듯 아슬아슬하게 다가서고 멀어졌다.

"엄마랑 이렇게 바닷가를 처음으로 걷네요."

"매일 거마산 숲에서만 지내다가 바닷가를 걸으니 더 새롭다."

"제가 요즈음 치우계에 집중하지 못하는 것이 엄마 마음에 걸렸어요?"

"그렇기도 하고, 자명이 네 걱정도 했고, 엄마도 마음이 쓰이는 일도 있고, 그랬어!"

"엄마는 무엇이 그랬어요?"

두 사람은 무엇이라고 말하지 않았지만 그 대상은 이미 서로가 알고 있었다.

"이상한 일이야. 엄마랑 나랑 족장님을 처음 보는데, 무엇 때문에 우리의 마음들이 웅성거리고 있을까요?"

"알 수 없지만 과거에든 미래에든 그분과 인연이 있을 거라는 느낌만은 확실해. 엄마의 예감은 무서우리만치 정확하단다.”
 두 사람은 서로의 생각에 잠겨 말없이 걸었다.
 “저기 참 신령스럽다.”
 곳곳에서 치성을 드리던 그녀의 습관이 좋은 장소를 발견하자 펄쩍 뛰며 기뻐했다.
 “제가 보기에도 편안해 보이는 곳이네요.”
 “다음에 나 혼자 치성 드리러 와야겠다.”
 “그러세요! 이제 우리 집에 돌아가요.”
 모자는 연인처럼 손을 잡고 모래밭을 걸어 집으로 향했다.

 지제수는 부다로를 시켜 묘화를 매일 살펴보도록 지시했다. 오직 그녀만이 서치우의 약점이었기 때문이었다.
 “오늘 밤에 묘화가 혼자 치성을 드리러 나섰습니다.”
 하루도 빠짐없이 그녀를 감시하던 부다로의 보고였다.
 “서치우도 없고, 동행도 없이 혼자 나섰다는 말이냐.”
 “예. 아마 아침에 동이 틀 무렵까지 혼자 있을 듯 보입니다.”
 “기도처가 어디냐.”
 “동막해변입니다.”
 지제수는 천재일우의 기회가 왔음을 알았다. 영은 생명체에게 직접 해를 입히지 못한다. 그렇지만 생명체의 마음을 현혹시키면 스스로가 움직일 수 있도록 조종이 가능하다. 그러면 생명체는 영에게 지배되는 것이다. 더구나 묘화는 신적인 현상에 취약한 무속인이다. 부다로 정도의 공력이면 묘화의 마음에 변화를 일으킬 수 있다.
 그렇지만 지제수는 직접 나섰다.

"내가 직접 묘화를 지배하겠다."

절대로 실수가 있어서는 안 되는 일이었지만, 그보다는 서치우를 무너트리는 쾌감을 직접 느끼고 싶어서였다. 그는 자신도 놀랄 만큼 완전한 악령이 되었다.

참으로 오랜만에 드리는 치성이었다.

'무녀가 치성 드리는 일에 소홀하면 신력이 떨어지는 법인데….'

그녀의 마음에 죄스러운 생각이 잠시 스쳤다. 사방이 어둠으로 휩싸였다. 촛불이 미풍에 출렁이며 주변을 아슬아슬 비춘다. 촛불의 파장이 미치지 못하는 너머로는 신령들의 세상이다. 이제 막 몸을 떠나온 영, 뜻하지 않게 몸을 잃어 아직도 몸을 찾아 헤매는 영, 영계에 머물다 잠시 밖으로 나온 영, 세상에 한이 너무 많아 아직 영계를 찾을 수 없는 영, 억울함에 복수를 다짐하느라 아직도 분주한 영들이다. 그녀는 주춤주춤 일어나 촛불의 경계 너머로 나서서 모여든 영들에게 다가간다. 치성을 드리는 일은 그들과 소통하는 일이다. 억울함을 들어주고, 아픔을 달래주며, 한을 삭혀주고, 영계로 떠나는 영을 배웅하는 일이다. 그러다 보면 그녀와 인연이 닿은 영들이 생겨나고, 그들 중 큰 신령이 그녀의 영험함을 돕는다.

북두칠성이 저녁에 있던 자리에서 하늘을 반 바퀴 돌았다. 밤이 한가운데로 접어든 것이다. 그녀의 눈에 먼 곳에 켜진 촛불 하나가 들어왔다.

'어떤 무녀가 늦게야 치성을 시작했구나.'

아니었다. 촛불처럼 보이는 빛이 점점 그녀에게로 다가오고 있었다. 그러자 주변의 영들이 튕겨나가기 시작했다. 그 위세가 마치 태풍이었다. 처음 보는 광경에 그녀는 뒷걸음질 치다 넘어졌다. 어느새 코앞에 닥친 불빛은 촛불이 아니었다. 얼굴에서 광채가 나는 영!
'옥황상제님의 강림인가, 아니면 부처님의 현신인가! 내가 꿈을 꾸고 있는가.'

지제수는 묘화에게 손을 내밀었다. 그의 얼굴에는 자비로움과 사랑과 따스한 미소가 가득했다. 묘화는 안심했다. 그 얼굴은 잊었던 엄마의 품속을 떠오르게 했다. 양껏 젖을 먹고 나서 올려다 본 엄마의 자애로운 사랑과 미소 가득한 얼굴에, 아기는 행복감이 밀려와 그 품속으로 파고들어 잠들던 순간의 아늑하고 평안함!
지제수는 그녀의 마음을 손쉽게 훔쳤다.
'일어나 나와 같이 가자.'
'신령님, 어디로 가시나이까.'
'내 너를 새 세상으로 인도할 것이다.'
'알겠나이다. 주저함 없이 따르오리다.'
묘화는 초를 켜둔 채 신발도 신지 않고 허위허위 걸었다. 발바닥이 덤불에 찔리고, 날카로운 돌부리에 찢겨 피가 흘렀지만 하나도 아프지 않았다. 허공을 향한 눈에는 아름다운 평화만이 가득 차올랐다.
'제 영혼이 평온하나이다. 부디 제 손을 놓지 마옵소서.'
지제수는 그를 숭배하는 무리들이 모이는 곳으로 묘화를 이끌었다.
'이곳에서는 내가 제일 강하다.'
묘화는 종탑의 꼭대기에 올랐다. 그리고 그곳에 스스로를 결박했다.

어머니가 돌아오지 않자 서치우는 급히 동막해변 주변을 뒤졌다. 그리고 그녀의 신발과 물품들을 확인했지만 그녀를 찾지 못했다. 치우계의 모든 영들은 묘화의 행방을 수소문했다. 영력이 강한 일부 지도자급 영들은 투사를 시도했다. 그러나 그마저도 소용이 없었다. 그녀를 찾을 방법이 없었다.

치우계의 혼란이 곧바로 티탄족에게 전달되었다.

"족장님! 비영계의 우두머리가 작전을 개시하여 성과가 나타나고 있습니다."

"제법이구나. 언제쯤 치우계를 공략할 계획이지?"

"제가 지제수와 만나서 작전을 수립하고 일정도 보고드리겠습니다."

"드디어 골칫거리 하나가 해결되겠구나."

히페리온이 보고를 마치고 나가자 레아가 들어왔다.

"아버지 표정이 무척 기분 좋아 보여요."

"그렇다. 이번 기회를 잘 이용하면 내가 아트라하시스를 제거할 길이 생길 듯싶구나."

"잘됐네요. 아버지가 아트라하시스 오빠를 제압하시면 처분을 제게 맡겨 주세요."

"너 아직도 그놈을 잊지 못하고 연모하는 것이냐."

"아트라하시스가 아빠 사위가 된다면 아버지에게도 이로운 일이잖아요."

"물론 그렇다만 그놈이 그렇게 하겠느냐."

"말을 듣지 않으면 죽여 버릴 거예요. 테티스가 갖도록 두지는 않아요."

"알았다."

딸의 앙칼진 말을 들으며 크로노스는 손해 볼 것 없는 일이라고 생각했다.

크로노스에게 보고를 마친 히페리온은 곧바로 지제수를 만났다.

"대체 어떻게 한 것인가. 단번에 치우계가 혼란에 빠졌네."

"제가 자신 있다고 했잖습니까. 서치우의 엄마를 제가 확보해서 감추어 두었습니다."

"그렇다면 서치우도 잡은 것이나 마찬가지로군."

"여부가 있겠습니까. 그놈은 이제 독 안에 든 쥐입니다."

"치우계를 무너트리면 그 다음은 눈족이다. 당신이 비인령계를 단단하게 통제한다면 눈족은 곧 굶어죽게 된다."

"그날도 멀지 않았습니다."

"치우계의 결계를 언제 풀도록 할 계획인가."

"미룰 이유가 없습니다. 바로 시작하겠습니다."

어머니의 종적을 찾지 못하여 안절부절못하는 서치우 앞에 지제수와 부다로가 나타났다.

"이곳에는 어쩐 일인가요?"

갑자기 나타난 그들을 보며 석달타가 물었다.

"서치우 어머니의 안부를 전해드리려고 왔습니다."

"무엇이라고? 설마 지제수 당신이 묘화를 납치했다는 말인가?"

지제수가 어떤 변명도 하지 않자, 평소에 항상 온화하기만 하던 구자가 손을 치켜들고 공력을 모으며 말했다.

"그것이 사실이라면 나는 당신과 함께 이곳에서 죽을 것이다."

"구자님, 너무 노여워 마세요. 그 여자가 한밤중에 혼자 다니는 것이 위험해서 내가 잠시 보호하고 있는 것뿐입니다. 그리고 나를 죽게 한다면 어디에서 어떻게 그녀를 찾겠어요. 진정하셔야 합니다."

느물거리는 그의 모습에 서치우가 더 이상 참지 못하고 소리쳤다.

"그 요망한 입 다물어라."

순간 그의 공력이 드러났다. 그저 노여움이 폭발해 고함만 질렀을 뿐이었다. 그렇지만 주변의 아름드리나무가 뽑혀나가고 짙고 강력한 노래바람이 일어 집과 담이 무너졌다. 석달타와 구자는 뒷걸음질 치다 주저앉았고, 지제수는 열 발짝을 뒤로 밀리다 겨우 넘어지지 않고 자세를 유지해 망신을 피했다.

모두는 처음으로 접하는 서치우의 절대 공력에 경악하고 말았다. 서치우만이 당당하게 자리에 여전히 앉아 있을 뿐이었다. 지제수의 얼굴에 당혹스러움이 아직도 남아 있었다.

'저놈이 나를 직접 공격했다면 내가 소멸되었을 수도 있었다.'

그는 지금 서치우의 엄마를 인질로 잡고 있음이 천행임을 알았다.

"그대의 공력이 태산이라도 무너트릴 기세로구나. 하지만 네 어미의 안위를 걱정해야 할 거다. 네 어미를 구하려거든 내가 요구하는 대로 순순히 말을 들어야 한다."

"한때 선지자로서 너를 공경하고 추앙하던 이들에게 부끄럽지 않으냐. 천륜을 이용해 목적을 이루려는 네 모습을 보거라. 참담하고 흉측하구나."

"누차 말했지만 나는 사람 영들에게는 아무 미련도 기대도 없다."

"여기 사람들에게 네 요구 사항을 전해라."

화가 치민 서치우가 자리에서 일어섰다.

"아니다. 그대로 있어라. 나는 너를 데려갈 것이다."

테티스는 지구가 마음에 들었다. 달의 환경이 비록 매우 혹독했지만,

선족에게는 별다른 문제가 되지 않았다. 그렇지만 달에는 다른 생명체가 귀했다. 지구의 다양한 생명들이 어우러져 살아가는 모습이 있어서 그녀는 좋았다.

"지구는 마치 우리 부족의 고향인 쿠트나호라 같아. 아빠는 그곳이 매우 아름다웠다고 자주 말했었지."

그들은 자주 지구로 향했다. 마치 다정한 오누이처럼, 막 마음을 열기 시작한 새내기처럼.

오늘은 그가 티탄족의 문제로 바빠 혼자 나선 길이었다. 지구는 늘 다양한 모습을 보였다. 한쪽 부분에 짙푸르게 식물들이 자라면, 다른 한쪽이 하얀 눈으로 덮인 겨울의 모습이 되고, 한쪽이 꽃으로 뒤덮이면 다른 한쪽은 온통 단풍으로 물들었다. 이렇게 다양한 모습 덕에 지구에는 온갖 생명체들이 넘쳐나고, 그로 인해서 눈족은 풍요로웠다.

'지구는 우리에게 참 고맙고도 소중해.'

지구의 온갖 풍경에 취해 유영하던 그녀는 이상한 소리가 들리는 듯해서 귀를 모았다. 고통스러워 낑낑대는 동물의 소리였다.

'어디엔가 다친 동물이 있나 보네.'

그녀는 주의 깊게 주변을 살폈다. 그리고 그 정체를 곧 찾아냈다. 그것은 사람이었다.

'왜일까? 묶여 있네. 죽을지도 모르니 구해줘야겠다.'

무심코 다가가던 그녀는 마치 유리창에 부딪친 듯 멀찍이 튕겨나가고 말았다. 잠시 정신을 수습한 그녀는 주변을 살폈다.

'결계가 걸려 있었구나.'

기운을 한곳으로 집중한 테티스는 결계를 향해 기력을 펼쳤다.

'앗!'

그녀가 결계를 향해 펼친 내공이 결계를 깨트리지 못하고 오히려 그녀를 향해 되돌아왔다. 자칫 자신의 내공으로 내상을 입을 뻔했다. 가까스로 피한 그녀는 잠시 숨을 몰아쉬었다.

'우리 선족의 내공으로 깨트리지 못하는 결계가 이런 곳에 있다니. 저 사람의 정체는 무엇이고, 결계를 친 것은 또 누구란 말인가.'

살아 있는 사람이므로 티탄족이 한 짓은 아니었다. 그녀는 결계의 주인이 무엇인지를 알아내야만 했다. 그것은 눈족에게도 매우 중요한 일이기 때문이다. 잠시 생각에 잠겨 있던 그녀는 결계에 갇힌 사람을 살폈다. 나이가 많은 여자였다. 그녀도 결계가 흔들리자 주위에 누군가 있음을 알아챈 듯 도움을 요청하고 있었다. 테티스가 가까이 다가가자 그녀가 반응을 했다.

'사람이 나를 볼 수 있다니, 저 여자의 기력도 상당하구나. 그렇다면 결계의 주인을 나 혼자의 힘으로는 이기지 못할 수도 있다.'

그녀는 지구에서 포획 작업을 하고 있을 동료를 찾아 나서려다 마음을 돌렸다.

'상대의 정체를 먼저 알아내는 것이 순서다.'

그녀는 주변에 숨어서 상대가 나타나기를 기다렸다.

서치우를 앞세우고 지제수는 온수리 한옥성당으로 향했다. 지구상에는 교회와 성당이 없는 곳을 세는 것이 빠를 만큼 지제수를 따르는 신도들이 많다. 신도들의 기도는 지제수의 공력을 한층 높여준다. 그런 자신의 구역으로 서치우를 끌고 들어온 것이다.

'이곳이라면 나 혼자라도 너를 능가할 수 있다.'

그는 '자신' 있어야만 했다.

'비겁하지만 이렇게 만들어 놓은 조건에서도 서치우를 이기지 못하면 나는 더 이상 존재할 가치를 잃는 것이다.'

지제수는 배수의 진을 치는 심정으로 치우계에서 그를 떼어내고, 치우계의 공략은 티탄족에게 맡겼다. 이제 곧 티탄족이 치우계를 유린하러 들이닥칠 것이다.

자신만만하게 성당으로 들어서는 지제수를 테티스는 알아보았다.

'아버지가 말하던 비인령계의 지도자다. 그렇다면 우리 부족의 잠재적인 적인 셈이다. 그런데 끌려오듯 따라오는 사람은 누구일까?'

그녀의 의문은 지제수가 곧 풀어주었다.

"자, 이제 네 어머니를 구해 보거라."

그는 자신만만하게 말했다.

"그렇지만 조심해라. 단 한 번의 기회뿐이다. 만약 실수를 한다면 결계가 네 어미의 목숨을 끊을 것이다."

지제수는 서치우에게 최대한의 집중력을 요구하였다.

'네가 어미를 구하기 위해 공력을 집중하는 순간, 네게는 허점이 생기게 된다. 나는 그 틈을 노릴 것이고 너는 그것으로 끝이다. 어미보다 네가 먼저 죽을 것이다.'

"어머니 조금만 기다리세요. 제가 왔습니다. 곧 구출해 드리겠습니다."

서치우는 먼저 묘화를 안심시키고자 하였다.

"치우가 왔구나. 그렇지만 나를 구하려고 애쓰지 마라. 네가 위험해진다."

숨어서 이 광경을 보는 테티스는 둘의 대화를 알아들을 수가 없었다. 래리킹 대화가 아닌 사람의 말을 주고받아서 그녀는 들을 수가 없는 것이다. 다만, 상황을 눈으로 보고 있기에 분위기 파악이 되었다. 묶여 있는 사람을 미끼로 데려온 사람을 해치려는 의도를 읽을 수 있었다.
"두 사람 모두가 위험하다."

석달타는 마음이 급했다. 서치우가 잡혀갔으니 치우셰에 언제 이상이 생길지 알 수 없었다. 그는 트리톤에게 도움을 요청했다.
"족장님, 치우계에 이상이 생겼습니다. 서치우와 그의 모친이 지제수에게 납치되었다며 도움을 요청합니다. 티탄족의 문제보다 치우계의 형편이 시급해 보입니다."
아트라하시스는 마음이 덜컥 내려앉았다. 불안감과 조급함이 밀려들었다.
'그들이 다치면 안 된다.'
마음이 다급히 외쳤다.
"대장군께서 티탄족의 동향을 파악해 주세요. 만약 긴급 상황이 생기면 먼저 조치를 하시도록 전권을 드립니다. 제가 우리 부족원을 데리고 치우계로 지금 출발하겠습니다."
"제가 가는 것이 낫지 않겠습니까."
"아닙니다. 내가 가야 합니다. 이곳을 대장군이 맡아주세요."
트리톤은 허둥대듯 서두르는 그의 모습이 잠시 의아했으나 말없이 그의 지시를 따랐다.
아트라하시스가 허겁지겁 치우계에 도착했다.
"족장님! 주군이 위험합니다. 도와주십시오."
그는 부족원들을 치우계에 남겨 티탄족의 공격에 대비하도록 준비하고 자명을 따라 황급히 한옥성당으로 향했다.

서치우가 결계를 향해 모든 기력을 모아 펼쳤다. 지제수의 의도를 모르는 바가 아니었다. 그렇지만 자신이 상하더라도 어머니를 구해야 했다. 선택의 여지가 없는 상황이었다. 더구나 지제수의 결계는 자신의 전력을 쏟아야 깨트릴 만큼 매우 강해 보였다. 예상대로 지제수가 공력을 모아 자신에게 공격을 펼쳤지만, 그는 피할 수가 없었다. 어머니가 결계로부터 풀려나는 것을 확인한 그는 눈을 감았다.

그 다음 순간, 그의 귀에 별안간 낯선 비명이 들려왔다. 돌발 상황에 놀라 주변을 살피던 그의 시야에 눈족의 여자가 쓰러져 있는 모습이 들어왔다. 그렇지만 이미 모든 기력을 소진한 그는 그녀를 도울 수가 없었다.

"넌 뭔데 나를 방해해?"

그는 분노에 찬 지제수의 외침으로 그녀의 방해로 지제수가 자신을 공격하는 데 성공하지 못했고, 그로 인해 그 여자가 부상을 당했음을 알았다. 지제수가 다시 공력을 모으며 쓰러져 있는 그녀를 향해 다가서고 있었다. 서치우는 황급히 운기조식을 했다. 그렇지만 아무리 그였어도 소진된 공력을 다시 회복하기에는 시간이 너무 짧았다. 애처로운 눈으로 자신을 바라보는 여인이 안타까워 그는 눈을 질끈 감을 수밖에 없었다.

퍽-.

둔탁하게 기력이 땅에 부딪치는 소리만 들리고 비명 소리도 들리지 않았다.

'지제수의 공력은 상대가 비명조차도 지르지 못하고 죽을 만큼 강력하구나. 그렇지만 내가 죽더라도 지제수를 멈춰 세워야만 한다.'

약간의 기운을 회복한 서치우가 일어서 지제수를 향해 공력을 모았다. 그런데 주변이 갑자기 소란스러워졌다. 주변을 살피려던 그에게 누군가 다가왔다.

"주군! 무사하셨군요."

불쑥 나타난 자명의 외침에 어리둥절해 있는 그의 앞에 어느새 묘화까지 서 있었다. 그리고 멀찍이 아까 그 여인을 부축하고 있는 아트라하시스의 모습도 보였다. 서치우는 돌변한 상황이 아직 제대로 이해되지 않았다. 당황스럽기는 지제수도 마찬가지였다. 갑자기 끼어든 눈족의 여자 때문에 상황이 엉망진창, 복잡해져 버렸다.

"내가 너를 상대하겠다."

아트라하시스가 지제수 앞에 나섰다.

'나는 이미 여러 차례 공격을 쏟아냈다. 지금은 이자를 이기지 못한다.'

상황이 불리해진 것을 눈치챈 지제수가 허공으로 줄행랑을 쳤다.

"족장님! 지제수로부터 신호가 왔습니다. 곧장 치우계를 치라는 전갈입니다."

히페리온의 보고를 받는 크로노스는 회심의 미소를 지었다.

"뜻밖에 호기가 찾아왔다. 치우계를 무너트려라. 우리의 곳간을 사람 영들로 가득 채우자. 그래서 부족을 융성시키자. 내가 직접 출정한다. 나를 따르라."

티탄족은 치우계를 에워쌌다. 그러나 8망성형의 결계로 보호되는 치우계는 어떠한 침입도 허락하지 않았다.

"히페리온, 어찌된 것인가."

"예, 족장님. 곧 지제수가 서치우를 해치울 것입니다. 그러면 결계는 자연스럽게 사라집니다. 우리는 그 틈에 치우계를 정벌할 수 있습니다."

"서치우 말고도 다른 선지자 영들이 있다고 하지 않았나."

"지제수가 가장 막강했었지만 이미 우리 편으로 돌아섰고, 나머지들의 공력은 우리를 막기에는 부족합니다."

"그럼 잠시 기다려 보기로 하자."

조금 시간이 지나자 치우계의 결계가 흔들리는 것이 느껴졌다.

"족장님, 지금입니다."

히페리온은 서치우의 기력이 떨어진 순간에 찾아온 결계가 풀린 짧은 틈을 놓치지 않았다.

삽시간에 8망성형이 무너지자 위험을 알아챈 석달타와 구자가 소멸을 각오하고 6망성형을 펼쳤다. 그렇지만 그들이 펼친 결계는 악령을 방지하는 효과밖에 없는 단계의 것으로 티탄족에게는 역부족이었다. 거침없는 기세로 티탄족이 밀려들어오자, 치우계는 허망하게 유린되고 결계를 유지하던 석달타와 구자마저 소멸당하기 직전이었다.

갑자기 티탄족의 후방이 소란스러워지더니 무너지기 시작했다.

"무슨 일인가."

대장군 히페리온이 소리쳤다.

"눈족이 공격해 옵니다."

"족장님, 눈족의 공격에 본진이 무너지고 있습니다."

"전열을 가다듬고 대오를 정비해라. 이번 기회에 눈족까지 한꺼번에 제거한다."

크로노스가 다부진 결의를 내보였다.

"대장군! 티탄족의 움직임이 이상합니다."

황급한 보고에 트리톤은 비상 상황이 발생했음을 직감했다.
"상황을 보고해라."
"저들이 대거 지구로 몰려가고 있습니다."
"뭐라고? 큰일이다. 족장님이 지구에 계신다. 디단족이 속장님을 노리고 있을 수 있다. 모든 무기를 챙겨서 즉시 총출동한다."
이미 아트라하시스에게서 전권을 위임받은 그는 치우계에서 도움을 요청한 사실을 기억했다.
"치우계로 간다. 그곳에 족장님이 계실 것이다."
그러나 트리톤 일행이 도착한 치우계는 이미 아수라장이었다.
"대장군님, 우리가 한발 늦은 것 같습니다."
트리톤의 눈에도 이미 그곳은 궤멸 직전이었다.
"눈족의 전사들은 바즈라를 꺼내들어라."
"대장군, 바즈라는 우리 동족이기도 한 티탄족에게 너무 치명적입니다."
트리톤이 바리사다가 티탄족에게서도 생산되자 다시 개발해낸 신무기 바즈라는 티탄족의 바리사다를 무력화시키기에 충분했다. 아트라하시스가 '이 무기는 선족을 멸망시킬 정도의 위력을 가졌으니 사용할 일이 없기를 바란다.'고 탄식할 정도로 궁극의 무기였다.
"지금 우리는 족장님의 안위조차 모르고 있고, 치우계는 이미 궤멸 직전이다. 족장님에게서 위임받은 전권으로 지금 즉시 바즈라를 이용해 티탄족을 처단할 것을 명한다."

바즈라로 무장한 눈족이 거침없이 티탄족을 제거해 나갔다.
"족장님, 눈족의 무기가 너무 강력합니다. 우리 바리사다로는 대적이 불가능합니다."

"그사이 저들이 새로운 무기를 개발했구나. 우리가 얼마나 견디겠는가."

"지금 당장 후퇴하지 않으면 우리 부족이 궤멸당합니다. 확보한 사람 영도 포기하고 떠나야 할 듯합니다."

"승리를 목전에 두고 후퇴를 한다는 것이 장수의 입에서 나올 말인가. 수적으로 우리가 우세하다. 이 절호의 기회를 절대 놓치면 안 된다."

크로노스는 이번 전투에서 두 마리의 토끼를 잡을 욕심이었다.

'이번 기회를 놓치면 눈족의 전투력이 더 막강해진다. 그리고 치우계를 칠 기회가 언제 또 생기겠는가. 무리여도 어쩔 수 없다.'

그러나 전쟁에서 무기의 우위는 절대적이다. 신무기를 장착한 군대는 역사상 거침이 없었다. 거기에다 온수성당에서 서치우를 구한 아트라하시스 일행이 치우계로 돌아왔다.

"족장님 무사하셨군요."

트리톤이 그를 보자 엎어질 듯 달려왔다.

"전황이 매우 급박하군요. 서로의 이야기는 나중에 합시다."

다시 기력을 완전히 회복한 서치우가 치우계의 결계를 복구시켰다. 그러자 치우계에 침투했던 티탄족들이 결계 밖으로 모조리 튕겨져 나왔다. 그는 침입자들을 결계 안에서 모두 소멸시킬 수 있었으나, 결계 밖으로 몰아내기만 했다.

"오! 세상에 이렇게 강력한 결계가 존재하다니."

자명이 놀라 소리쳐 외쳤다.

"8망성형 중에도 최상위의 결계입니다. 아니 이 결계는 결계의 최고봉이고 세상 공력의 최고 경지인 9망성형입니다. 주군의 공력이 위기를 겪고 더욱 강해졌습니다."

9망성형은 최종의 경지를 얻은 자만이 펼치는 결계였다. 또한 최고의 경지에 이른 자는 다른 영들을 모아 우주의 곳곳에 흩어져있는 우주 먼지와 우주 가스를 융합시켜 별을 생성시킬 수 있는 능력이 생기게 된다. 영원히 소멸되지 않는 영계가 탄생하는 것이다.

서치우는 결계 밖으로 튕겨 나와 아직 사태를 수습하지 못하고 있는 티탄족 앞에 나섰다.

"너희가 괴멸을 당할 것인가, 아니면 너희들 우두머리를 넘기고 물러날 것인가."

그의 호령에 크로노스가 소리치며 나섰다.

"네놈은 내가 상대해 주마."

"오냐, 어서 덤벼라."

그렇지만 그는 서치우와 대적할 기회를 얻지 못했다.

"크로노스 대장군! 당신은 내 아버지의 각별한 사랑과 믿음을 받아 일신의 이름을 날렸는데, 어찌하여 선족을 배신하고 일신의 영달을 꾀하려고 족장을 자처하고 있다는 말인가. 부끄럽지 않은가. 내가 선족의 족장인 아툼의 이름으로 너를 벌하고자 한다."

아트라하시스가 바즈라를 들고 앞으로 나서며 외쳤다. 이미 바즈라의 위력을 알고 있던 크로노스가 그의 손에 들려 있던 바리사다를 집어 던지며 말했다.

"남자답게 무기는 내려놓고 맨손으로 싸우자. 덤벼라."

"나는 그럴 생각이 없다. 너는 이미 부족을 배반한 역모자다. 네 입에서 어찌 남자답다는 말이 나올 수 있느냐."

아트라하시스는 크로노스에게 바즈라를 겨눴다. 크로노스의 얼굴이 공포에 일그러졌다.

"자칭 티탄족들에게 선족의 족장 아툼의 아들이 묻는다. 너희는 쿠트나호라를 기억하는가."

아트라하시스의 말에 티탄족 진영이 한순간에 잠잠해졌다.

"너희가 지금 저항을 포기한다면 나는 너희의 과거를 묻지 않겠다. 우리는 눈족도 아니고 티탄족도 아닌 다시 위대한 선족으로 살아갈 수 있다. 나 아툼의 아들 아트라하시스가 묻는다. 나를 따르겠는가."

잠시 조용하던 티탄족의 전사들이 하나둘 바리사다를 바닥에 내려놓기 시작했다. 그러자 눈치를 살피던 히페리온이 재빠르게 변신했다.

"선족의 장군 히페리온이 족장님을 알현합니다."

쿠트나호라 시절의 직위로 스스로 낮추며 머리를 숙이는 그의 돌변은 크로노스는 물론이고 티탄족 모두를 경악시켰다. 이제 더 이상의 전투는 불가능한 지경이 되었다.

"아트라하시스 족장이 명분을 얻었군요."

가까스로 기력을 회복한 석달타가 이 광경을 보며 말했다.

"히페리온 장군의 귀환을 인정한다."

아트라하시스가 말했다.

"아트라하시스 족장님을 뵙습니다."

남은 티탄족 전사들이 모두 바닥에 부복했다.

"나는 이 자리에서 눈족과 티탄족이 다시 선족으로 하나가 되었음을 선포한다."

그의 선언을 들은 눈족과 티탄족이 서로에게 달려가 얼싸안으며 서로를 다독였다. 트리톤도 히페리온에게 다가가 그의 어깨를 두드렸다. 아트라하시스는 얼굴 가득 자랑스러운 미소를 지으며 하늘을 우러렀다.

이 광경을 지켜보던 묘화의 머릿속에 하나의 기억이 떠올랐다. 동굴에서 의식을 차리던 순간에 보았던 희미한 기억 속의 모습.

"아! 신령님이다."

그녀는 이제야 알았다. 아트라하시스가 바로 신령님이었음과, 아들 서치우가 그의 점지로 얻어진 것이었음을!

영들의 별

올드티코.

그의 고향은 바다를 품어 해풍이 몰아치는 바닷가다. 그는 벌써 열여섯 번 환생했다. 600년을 주기로 땅속 깊은 곳에 자리 잡은 뿌리는 지상으로 새순을 밀어 올리며 새로운 생을 시작한다. 생명의 근원을 잃지 않은 채 세월을 견디며 1만 년을 이어낸 생은 그 자신이 볼텍스였다. 수많은 환생으로 그 스스로 헤아리지 않았지만 내공이 상상을 초월하고 있었다. 드러나거나 드러내지 않는 조용하고 겸손하며 자연과 하나 된 내공에 더해 볼텍스로써 그는 수많은 식물 영들을 함께 품어 공력의 경지가 점점 높아졌다.

한순간 그의 아름드리 둥치 몸이 흔들리며 갑자기 크게 요동쳤다. 그 품에 깃들어 있던 식물 영들이 화들짝 놀랐다. 옛날 지진이 일었던 순간마저도 견고하고 고요하던 그가 무슨 이유로 이렇게 격렬한 몸짓을 토해내는지 두렵기까지 했다.

그는 격해진 마음을 다스리기 힘들었다. 늘 고요하고 신중하며 자신의 존재를 드러내지 않았던 그였지만 더 이상 지제수의 광기를 방관하지 않기로 결심했다. 물론 그의 힘만으로는 쉽지 않은 일이었다.

"지제수의 폭주가 도를 넘었습니다."

그린란드상어 영, 대합조개 영, 거북이 영 등 비인령계의 근간이자 주축인 최고의 장수 동물 영들과 만난 그가 말문을 열었다.

"그가 모자간의 천륜을 이용해 죄를 저질렀다는 것이 사실입니까. 가장 악질적이고 비열한 짓이 마음을 이용하는 것입니다. 우리 동물들도 자식에 대한 사랑은 지극합니다. 마땅히 지제수님에게 직접 답변하도록 요구해야 합니다."

거북이 영이 목을 쭉 빼며 목소리를 높였다.

"그래서 그게 뭐 어떻다는 말입니까."

모두는 소리 나는 쪽을 바라보았다. 지제수가 비칠거리며 다가왔다.

"비인령계를 보호하려고 했던 내 노력은 깡그리 팽개쳐 버리고 이렇게 모여서 내게 욕을 해도 되는 것입니까. 여러분들이 내게 비난할 자격이 있나요. 늘 뒷전에서 고고한 척 숨어 있더니 드디어 트집거리를 얻은 것이군요."

"우리는 지금까지 지제수님을 선지자로 모셨습니다. 존경받는 분이셨고 우리들의 보호자였으며 모두에게 모범이셨지요. 그랬던 분이 무엇 때문에 이렇게 악행을 저지르고 계십니까. 왜 이렇게 참담하게 모두의 희망을 저버리십니까. 진정으로 안타까워서 드리는 말씀입니다. 부디 본디의 모습을 되찾으세요."

올드티코가 진심을 담아 간절하게 말했다.

"왜요. 지금의 내가 어때서요. 지금까지 나를 잘 이용하더니 이제 내가 점점 약해지고, 나보다 더 강한 존재가 나타나니 내가 우습습니까?"

"지금도 지제수님은 충분히 강하십니다. 그리고 모든 영들이 우러르는 선지자이십니다. 우리들의 충심 어린 간언을 들어주세요."

"내가 그렇게 안 하겠다고 하면, 나를 소멸시키기라도 할 겁니까. 올드티코 당신이 비록 만 년을 살아 내공이 뛰어나다고 할지라도, 그래 봐야 당신은 겨우 식물 영이야. 사람 영인 나를 절대로 이기지 못해. 여기 모인 모두가 힘을 합쳐도 당신들은 사람 영을 절대 이길 수 없고 그럴 수 있어서도 안 되는 거야."

"지제수님의 지금 발언은 무척 실망스럽군요. 비인령계를 이끌겠다고 하시면서 우리를 비하하는군요. 당신은 더 이상 우리들의 보호자가 될 수 없습니다. 이곳에서 당장 나가시오."

"내가 지금 당장 결계를 거두면 당신들은 한갓 눈족의 먹잇감에 불과해. 어디를 함부로 대들어. 앞으로 조심들 해."

지제수가 모두를 경멸하듯 혀를 차며 밖으로 나갔다.

"정말 저것이 지제수 선지자 영의 모습이라는 말인가!"

올드티코는 절망적인 한숨을 내쉬었다.

결계를 치는 역동적인 행위는 사람 영만이 할 수 있는 보호 행위였다. 동물 영은 기력이 부족하였고, 올드티코 등 식물 영은 역동성이 낮아서 시행하지 못한다. 이런 시국에 지제수의 행태는 비인령계를 절망에 빠지게 만들었다.

사태를 예의 주시하고 있던 모하도가 신중하게 말했다.

"나는 영계가 혼란스러워지고, 강력한 지제수가 떠나면서 미래를 비인령계에 걸었다. 그런데 인령계는 오히려 강력한 구심점을 찾아 안정되고, 비인령계가 혼란에 빠지게 되었다. 모든 것이 지제수의 폭주 때문이다. 너희는 지금 이곳을 어떻게 생각하는가."

"주군이 나서야 할 때가 되었습니다. 주군의 공력이 지제수에 비해 부족하지 않고 주군에게는 전쟁이라는 소중한 경험이 있습니다. 우리는 눈족과 한판 전쟁을 치러야 할 위기를 맞았습니다. 지제수와 올드티코를 함께 아우르셔야 합니다."

"저들이 나를 따르겠는가. 지제수가 결계를 유지하고, 올드티코가 막아선다면 당분간은 눈족의 공략을 견딜 수 있을 터인데!"

모하도의 한탄스러운 탄식에 부하들도 더 이상 말을 잇지 못했다.

긴 침묵이 흐르던 중이었다. 지부일의 부관인 마호다가 불쑥 자리에서 일어섰다.

"우리는 올드티코가 비록 식물 영이지만 내공은 지제수님을 능가한다는 것을 알고 있습니다. 그럼에도 그가 결계를 치지 못하는 것은 식물 영이기 때문입니다."

"부관, 우리가 그 사실을 모르지 않는다. 지금 왜 그 말을 하는가."

"주군께서는 선지자 영이십니다. 강력한 기력을 가지셨기 때문에 고수들끼리는 기력의 공유가 가능하다고 저는 알고 있습니다."

그 말을 들은 모하도가 자리에서 벌떡 일어섰다.

"네 말이 맞다. 내가 왜 그 생각을 못했단 말이냐."

그는 그 길로 올드티코를 찾아갔다.

혼란이 수습되자 아트라하시스는 트리톤 대장군과 히페리온 장군을 스타치오텐허에 파견했다.

"대장군이 그곳으로 가서 티탄족의 유민들을 잘 달래주세요. 그들이 혼란에 빠지지 않도록 바뀐 상황을 이해시키고, 하나의 선족으로 재탄생되었음을 알리시기 바랍니다. 그리고 테티스는 아폴로분화구에 돌아가서 이곳에서 일어난 일을 잘 설명하고, 선족의 재탄생을 알려라. 나는 이곳의 일이 정리되는 대로 달에 돌아가겠다."

모두가 돌아간 뒤 치우계에 다시 평화가 찾아왔다.

"결국 우리가 이렇게 재회를 하는군."

셋이 함께한 자리에서 아트라하시스가 묘한 기분으로 말을 꺼냈다. 묘화 역시 당혹스러운 느낌마저 들어 조용하게 밖만 바라보고 있었다. 그가 의도하지 않았을 터였지만 자신은 잉태를 하였고, 이 자리에 한 가족으로 모이게 된 것이다.

"인연이라는 것이, 자연의 안배라는 것이 참으로 대단하고 거역할 수 없는 것임을 새삼 느끼게 하네요. 족장님의 심중에 우리가 어떤 의미로 받아들여질지 모르겠지만, 저는 지금이 한없이 감사합니다."

"약간 당황스러운 면이 있음을 부정하기는 어렵소. 이런 일이 실제로 일어났다는 것도 신기하고 한편으로는 대견하오. 그렇지만 고맙고 다행스러운 일이오. 치우를 잘 키웠고, 치우가 잘 자라주었고 지금 이렇게 든든하고 당당한 모습으로 우리 앞에 있잖소."

자신이 선족 족장의 아들이라는 사실을 받아들이기 어려운 것은 서치우도 마찬가지였다. 자신에게 일어난 모든 일들이 비현실적이었다. 태어남부터 지금의 이 자리까지.

"치우는 들어라. 감당하기 어려울 만큼의 복잡하고 비현실적인 일들이 네게 생겼구나. 모든 것들이 나로 인함이니 아비 된 자로서 네게 용서를 구한다. 지난 시간을 견뎌낸 너의 의지력은 나도 감탄스럽다. 또 네 곁에 의지가 되는 이들이 많음에 안심이 된다. 범상치 않은 삶이 무거울 수 있지만, 네게는 범상치 않은 능력도 있으니 앞으로도 잘 견뎌낼 것이다."

서치우는 아트라하시스의 입에서 '아비'라는 말이 나오자 심장에 통증을 느꼈다. '찌르르' 울리는 흉통은 그러나 쾌감과도 같은 것이었다. 태어나서 처음으로 들어보는 단어. 그리고 자신의 입에서 앞으로 나올 '아버지'라는 단어.

눈물이 그렁그렁 차오르고 목은 꽉 메었다.

"오늘 서의 근본을 알게 된 점이 우선 다행스럽습니다. 또한 어머니를 족장님이 보듬어 주셔서 고맙습니다. 사람과 선족 사이의 중간자인 제 소명이 무엇인지도 분명하게 알게 되었습니다. 그리고 족장님은 '아비'라는 말로 저를 아들로 인정하셔서 제 가슴을 뛰게 만드셨습니다. 아버지와 어머니께 자식이 절을 올리고 싶습니다."

목이 쉰 듯 약간의 쇳소리로 말하는 서치우의 얼굴은 그러나 밝고 홍조 띤 모습이었다.

"내 옆으로 오시오."

아트라하시스가 묘화를 향해 손짓했다. 묘화는 부끄러운 듯 고개를 숙이고 꿈에 그리던 '신령님'의 곁으로 다가섰다.

"아들이 두 분에게 처음으로 절을 올립니다."

멀찍이 이 광경을 보고 있던 석달타와 구자, 그리고 자명 등 치우계의 구성원들이 환호했다.

*

부하를 데리고 찾아온 모하도를 올드티코는 반갑게 맞았다.

"어서 오세요. 저도 모하도님을 만나고 싶었습니다."

올드티코 역시 지제수에 대한 실망과 비인령계의 불안한 미래로 인해 모하도와 상의할 필요가 있던 차였다. 반가이 맞이하는 그를 보며 모하도는 희망을 가졌다.

"이렇게 반가이 맞아주셔서 고맙습니다. 제게 무슨 하실 말씀이라도 있으셨습니까."

그는 모하도에게 지제수와 있었던 일을 하소연하듯 말했다.

"저도 사실은 그 문제로 찾아왔습니다. 제가 비록 공력이 지제수님에 비해 낮지만, 올드티코님께서 허락하신다면 우리가 7망성형의 결계를 펼칠 수 있을 것입니다. 비인령계의 현 상태를 유지하는 데 아무 문제가 되지 않을 만큼은 가능하다고 여깁니다."

"그런 방법이 있다니요. 그것이 무엇이든 나는 협조해 드릴 수 있습니다."

깊은 고민에 빠져 있던 그에게 방법을 제시하는 모하도가 반갑기 이를 데가 없었다.

"저와 공력을 공유해 주시면 가능합니다. 제가 올드티코님의 공력을 빌어 결계에 이용하는 것입니다. 물론 미약하나마 제 공력도 올드티코님이 이용하실 수 있는 것이고요."

그는 잠시 생각에 잠겼다. 식물 영으로서의 한계를 극복할 길이 생겼다는 점은 반가웠으나, 모하도 영에 대한 신뢰가 얼마만큼 가능한가 하는 점이었다. 그렇지만 그는 곧 결정을 내렸다. 사실 그의 공력은 지구상의 무엇보다도 강력했다. 더구나 6백 년이 지날 때마다 그의 공력은 계속 강해지고 있었다. 모하도 정도의 공력은 자신이 제어하는 데 문제가 되지 않았다.

'내가 식물 영이라고 모두 내 공력을 과소평가한다. 그렇지만 나는 저들의 상상 이상이다. 내가 원하면 언제든지 모하도와 공력 공유를 끊을 수 있고, 심지어 모하도를 제어할 수도 있다. 그가 설령 나를 이용하려

든다고 해도 아무 문제가 되지 않는다.'

"모하도님이 우리 비인령계를 살려내시는군요. 비록 지금보다 비인영계를 크게 만들 수는 없지만, 굳이 더 커야 할 필요도 없으니 그렇게 하시지요."

비인령계에 새로운 7망성형 결계가 작동되었다. 그러자 지제수의 결계가 사라졌다. 지제수는 큰 충격에 빠졌다.

'나 없이도 결계가 가능한 일이었다. 이제 내가 이곳에서마저 필요 없어졌구나.'

비인령계의 일원으로 소임에 충실하게 지낸다면 선지자로서 존경을 잃지 않을 그였지만, 최고로 인정받지 못하면 아무 의미가 없다는 그의 비뚤어진 자존심은 그를 그곳에 있을 수 없도록 만들었다. 지제수는 살그머니 비인령계를 벗어났다.

달의 선족은 새롭게 활기를 찾기 시작했다. 아트라하시스는 양쪽의 기지를 모두 유지하기로 했다. 앞으로 부족민이 불어날 것이다.

"족장님, 크로노스를 어떻게 처리할까요."

"모반을 꾀하고 부족 사이에 분열을 일으킨 죄는 소멸시켜도 부족한 일입니다. 그렇지만 우리 부족이 낯선 달에서 살아나가도록 이끌어 낸 노력은 인정해야 합니다. 나는 그에게 부족의 평민으로 살도록 기회를 주고 싶습니다. 물론 각별한 관찰과 통제를 전제로 합니다."

"그에게는 따르는 무리들이 있었습니다. 만약 크로노스가 조용히 살고자 하더라도 그 무리들이 때가 되었다고 여긴다면 다시 준동하여 혼란을 야기할 것으로 생각합니다. 최소한 거주지 제한과 접근 금지 조치는 해야 할 것입니다."

"대장군의 말대로 하지요. 그리고 우리의 식량 사정은 어떻습니까."

"비인령계가 아직 혼란스럽습니다. 결계가 아직 유지되고 있지만 지구에서 생산되는 물량이 안정적이어서 우리 부족에게는 영향이 없습니다."

"다행스러운 일이군요. 이제 부족이 안정을 찾았으니 부족원에게 지급되었던 바즈라를 회수해서 폐기하였으면 합니다. 우리 부족의 미래에 사용되는 일이 없기를 바라는 마음입니다."

"무기고에 보관하지 않고 모두 폐기를 하시는 것입니까."

트리톤은 뜻밖이라는 듯이 물었다.

"무기가 아예 존재하지 않는다면 무기를 사용하려는 시도도 없겠지요."

"부족의 미래를 염려하시는 마음 잘 알겠습니다. 명을 수행하겠습니다."

"토마스 부관, 바즈라를 모두 폐기하여라."

하나도 남김없이 수거된 바즈라를 바라보며 잠시 감회에 젖었던 트리톤이 명을 내렸다. 그에게는 손때 묻은 장비였다. 그렇지만 부족의 미래를 위한 일이었다.

"명을 받들겠습니다."

부관 역시 아쉬움에 가득한 모습을 보며 그는 토마스의 어깨를 다독이고 자리를 떴다.

장비가 폐기장으로 옮겨졌다. 수천 정이 넘는 바즈라를 바라보는 토마스의 시선이 잠시 흔들렸다. 그의 뇌리에 장비를 바라보며 감회에 젖어 있던 트리톤 대장군의 모습이 오버랩되었다.

'대장군님도 바즈라가 폐기되는 것을 아쉬워하신다. 내가 모든 책임을 지고 혹시 모를 미래에 대비해 무기 일부를 은밀히 보관한다.'

그는 결단을 내렸다.

"무기를 내가 직접 폐기하라는 대장군님의 명이다. 너희는 모두 돌아가라."

부하들을 돌려보낸 토마스는 직접 무기를 해체하기 시작했다. 그는 바즈라 5백 정의 격발공이만 분리시키고 부품을 자신만 아는 장소에 몰래 보관했다. 작업을 마친 그는 그에게 충성심이 강한 직속 수하들을 몇을 따로 불렀다.

"너희는 이 바즈라들을 보면 분화구에 있는 우리들의 비밀 기지로 옮긴다. 이 일은 트리톤 대장군님을 위한 일이다. 또한 너희는 이 사실은 목숨 걸고 비밀에 부쳐야 한다."

그는 트리톤에게 바즈라를 남김없이 모두 폐기했다고 보고했다.

레아는 감금되어 있는 아버지를 매일 면회했다. 그녀에게 아버지는 여전히 티탄족의 족장이었다. 피워 보지도 못하고 아트라하시스에 대한 사랑을 접어야 했지만, 아버지의 삶을 존경했다.

"이곳이 아버지에게 더 이상 힘들지 않다. 그러니 너도 네 삶을 살아라. 이렇게 매일 들르면 내 마음이 더 힘들어진다."

크로노스는 자신보다 딸이 더 염려되었다. 비록 마음은 아직 분노와 식혀 버리지 못한 야망으로 뒤엉켜 엉망진창이지만, 그도 어쩌지 못하는 아비였다.

"제가 살아 있는 한 아버지를 구해낼 길을 꼭 찾아낼 거예요."

그녀에게는 이제 아무것도 남아 있지 않았다. 삶의 의미를 잃은 목숨은 그저 거추장스러울 뿐이었다. 다시 족장의 모습을 되살린 아버지만이 그녀의 유일한 희망이었다. 그러나 이제 불가능한 일이 되어버린 현실에 그녀는 모든 것을 포기한 것뿐이다. 아버지를 따르던 이들이 모두 등을 돌린 현실이지만, 그들은 현실에 순응한 것일 뿐이라 믿었다.

'만약 아버지가 다시 우뚝 선다면 그들은 다시 아버지를 추종할 것이다.'

자신이 목숨을 버려 아버지를 옛날의 자리로 돌려놓을 수 있다면 죽어도 좋았다.

'최소한 지금의 삶처럼 비참하고 남루하지는 않을 거야.'

하지만 어디에도 빛은 없었다.

지제수는 어디에도 속할 곳이 없어졌다. 억울한 혼이 구천을 떠돌듯 그도 악령이 되어 곳곳을 헤매고 다녔다. 인령계와 대결을 벌일 힘을 다시 얻는 방법은 사라진 티탄족을 되살리는 길이 유일한 길이지만, 그 일족은 모두 소멸되었고, 크로노스의 남은 일당도 모두 사라졌다.

모든 일에 흥미를 잃고 황량한 달을 헤매던 그의 시선에 눈족 일행이 보였다.

'저들이 옮기는 것이 바즈라 아닌가.'

그는 관심이 없지만 그들을 따라갔다. 딱히 할 일도 갈 곳도 없는 그였다. 지제수는 지난번 전투로 티탄족을 단번에 제압했던 무기의 위력을 익히 알고 있었다. 그런 수백 정의 무기 바즈라가 허름한 창고에 쌓여지고 있는 것이다. 이제는 쓸모가 없어진 무기를 파기하고 버리는 것이다.

'저건 완전한 승리 선언 시위로군.'

그렇다 해도 그의 마음에는 아무 감흥도 일지 않았다. 눈족이 기지로 돌아가자 지제수도 그곳을 떠나 다시 유랑을 떠났다.

'저 아이는 크로노스의 딸 아닌가.'

몬스타이 분화구 근처를 지나던 그의 시야에 치우계에서 본 적이 있는 레아가 들어왔다. 그녀는 바닥에 널브러진 채 울부짖고 있었다. 아직 어린 나이에 한꺼번에 모든 것을 잃은 아픔이 넉넉하게 전해지고 있었다. 그 곁에서 한참을 기다리자 감정이 잦아든 그녀가 기척을 느낀 듯 흠칫 놀랐다.

"누구냐!"

본능적인 경계감으로 공격 자세를 취한 그녀를 지제수는 말없이 바라보았다.

"너는 혹시 영계의 지도자 아닌가."

그녀도 지제수를 알아보았다. 둘 사이에 동병상련의 침묵이 흘렀다.

"네 아버지는 아직 살아 있느냐. 내가 한번 만나보고 싶구나."

"당신도 이미 모든 것을 잃었는데 내 아버지를 만난들 서로에게 무슨 도움이 되겠나."

"혹시 아나. 서로 마음에 위로라도 받게 될지."

맞는 말이었다. 그녀도 이미 상처받고 깨진 마음이 지금 누군가와의 사소한 대화만으로도 조금이나마 위로를 받고 있기 때문이다.

"네가 쓸데없는 일을 했구나."

지제수를 만난 크로노스가 딸에게 핀잔을 주었다.

"내가 만나게 해달라고 조른 것이다. 애를 타박하지 마라."

"내 자식 이외에 나를 찾은 것은 네가 유일하구나. 그러니 고맙다고 말이라도 해야 하나."

그의 얼굴에 자조적인 웃음이 흘렀다. 절망을 넘어선 포기에 이른 상태의 편안함마저 느껴지는 그의 모습에 지제수는 별안간 충동질을 해 주고 싶은 치기가 발동했다.

"티탄족은 눈족이 만들어 낸 바즈라를 능가하는 무기를 만들 능력이 없었나?"

지제수 자신도 놀랄 말이 그의 입에서 갑자기 튀어나왔다.

"네가 우리 티탄족을 능멸하는구나."

이 말을 들은 크로노스 우리에 갇힌 맹수처럼 크로노스가 울부짖었다.

"당신이 감히 내 아버지와 우리 부족을 멸시하는구나."

곁에 있던 레아도 그를 향해 폭발했다. 이들 부녀가 가진 바즈라에 대한 두려움과 그 위력으로 인해 무너진 영광에 대한 회한이 절절하게 전해졌다. 그들에게는 아물 수 없는 상처였다.

갑자기 지제수의 얼굴에 간교한 미소가 나타났다.

"네 이놈! 나를 비웃기까지 하는구나."

우리 안에서 크로노스가 광기를 드러내며 날뛰었다. 그런 그를 지그시 바라보며 지제수가 맨바닥에 앉았다.

"그렇게 흥분하면 몸이 상한다."

지제수가 차분하게 말하며 자신을 바라보는 시선의 이유를 건너편의 크로노스는 곧 알아챘다.

"너 내게 말하고 싶은 무슨 생각이 있구나."

"그렇다. 내가 바즈라 수백 정이 숨겨진 곳을 알고 있다."

*

서치우는 안정된 치우계를 석달타와 구자에게 맡기고 자명과 함께 9망성형의 완성을 위해 수련을 계속하고 있었다.

"주군, 9망성형은 궁극입니다. 그 궁극의 목적은 영생입니다. 방법은 우주 공간에 영의 세계인 별을 만들어 내는 것입니다. 기존의 별들은 성간 우주의 가스와 무기 물질들이 뭉쳐져 내부의 압력이 강해지면서 폭발하며 이루어지지만, 우리가 이룩하고자 하는 별은 영들의 세계입니다. 강력한 기력이 블랙홀에 버금가는 힘으로 구심섬을 이루면, 우주의 공간에 태양이 들어갈 만큼의 공간이 확보됩니다. 그 구심점이 9망성형이고 그 안에 들어온 생명체의 영들은 그 힘으로 보호를 받고 기력을 얻어 영원토록 존재하며 영원한 우주와 함께할 것입니다."

서치우는 자명의 말을 들으며 설렘을 주체하기 힘들어졌다.

"그런 세상을 이룩해 내는 방법이 있다니요. 놀랍습니다. 만약 지구의 영이 아니라도 광활한 미지의 우주에 존재할 모든 생명체의 영들도 그곳에서 영생을 누릴 수 있습니까."

그의 질문은 아버지 아트라하시스와 우주에 존재할 수많은 생명체들까지 염두에 둔 것이었다.

"주군의 생각과 같습니다. 생명체가 가진 에너지로 인해 그 속에서 같이 생존할 것이며, 생명체의 영이 많아질 경우에 별은 둘이 되고 셋이 될 것입니다."

"어떻게 수련하면 될까요."

"지금의 주군 능력으로도 가능합니다. 다만 어떤 강한 존재의 희생이 필요합니다. 그 존재는 별의 핵이 되어 스스로가 구심점 역할을 해야만 하는 것입니다. 그렇지만 지금 당장 걱정할 일은 아닙니다. 우리가 별을 당장에 만들지는 않을 것이니까요."

"그런 존재가 필요하다면 내가 그 역할을 하면 되겠군요."

곁에 있던 석달타가 인자한 미소를 지으며 말했다.

"그 일은 제 몫이어야 할 듯합니다."

구자도 나서며 말했다.

"두 선지자님들의 능력이라면 충분합니다. 다만 아직 먼 이야기입니다. 지금은 치우계만으로도 지구의 영을 충분히 감당할 수 있습니다."

자명의 말은 들은 셋은 훈훈하고 호탕하게 웃었다.

*

"그것이 무슨 말이냐. 내가 듣기에 바즈라는 모두 폐기되었다. 그런데 어디에 수백 정이나 남아 있을 수 있다는 말이냐."

"내가 그 이유까지는 알 수 없는 일이다. 하지만 분명히 내가 보았다."

크로노스가 침묵에 들어갔다. 레아도 침묵에 들어갔다. 말없이 기다리던 지제수는 지루해졌다. 면회 시간이 끝날 때까지 모두의 침묵은 이어졌다.

"당신이 바즈라를 보았다는 그곳으로 나를 안내해 줄 수 있나요?"

밖으로 나온 레아가 물었다.

"어려운 일은 아니다. 이유를 물어도 되겠나?"

"당신 말이 사실인지 그것부터 확인하고 말해 주겠어요."

지제수는 고개를 끄덕이고 그녀를 보면분화구로 안내했다. 무기 저장고에 바짝 다가서려는 그녀를 지제수는 가까스로 막아내며 말했다.

"네가 바즈라를 가지고 싶은 마음을 알겠지만, 위험한 시도는 하지 않아야 한다. 조심하자."

"바즈라가 맞기는 한데 사용할 수 있는지 확인하고 싶어요."

"너라면 사용하지 못할 무기를 왜 창고에 저장하겠느냐. 아트라하시스는 만약의 사태에 대비해 약간의 무기를 남겨둔 것이다."

레아는 허공을 응시하고 있었다. 가슴에 울컥 치미는 것이 있어 그것을 억눌러야 했다.

"나는 이제 부족과 아버지와 사랑과 미래를 잃었어요. 어디에도 내게는 희망이란 것이 없죠. 아버지마저 안 계셨다면 나도 이미 죽었겠죠. 나는 작은 희망이라도 생긴다면 그것에 목숨을 걸 것입니다. 당신이 바즈라를 말했을 때 아버지는 그것에 희망을 걸었을 것이고, 그래서 나는 확인이 필요했습니다."

"너와 네 아버지 둘이 바즈라를 얻었다 한들 무엇을 하겠느냐. 내가 괜한 말을 해서 너희 부녀를 혼란스럽게 했구나."

"당신은 모르겠지만 스타치오텐허에는 아직 티탄족임을 포기하지 않는 이들이 있어요. 나는 그들을 믿어요. 아버지가 건재하다면 그들은 다시 표면에 나설 것입니다."

"정말 그렇게 믿고 있느냐. 이미 아트라하시스가 통합된 선족의 족장으로 확실하고 강력하게 통치하고 있다. 과거의 티탄족들도 대부분 그를 지지하고 있지 않느냐."

레아는 대답하지 않았다. 다만 입술을 굳게 다물어 의지를 드러내고 있었다. 지제수는 이 상황이 자신에게 불리할 것이 하나도 없음을 알았다. 말 그대로 '밑져야 본전'이었다.

"너와 네 아버지의 의중을 모르는바 아니다. 그럼 이제 어떻게 하겠느냐."

"아버지와 상의해 봐야 알겠지만, 분명한 것은 기회가 되면 아버지를 감옥에서 나오게 해야 한다는 것입니다. 그러려면 당신의 도움이 필요합니다."

"그건 어렵지 않을 것이다. 네 아버지가 나오면 과거의 지지 세력을 모아 바즈라로 무장한 뒤 저들과 대결을 벌일 생각이구나."
"우리를 도와주실 것으로 믿겠습니다."

평화로웠다. 한바탕의 시련이 지나고 눈족과 치우계는 공존을 가속화하며 안정되었다. 이제 서치우에게도 아버지가 생겼다. 테티스는 이 미묘한 현실을 받아들이기가 어려웠다.
'그렇지만 서치우가 생겨난 것이 오빠의 잘못은 아니야.'
그래서 더욱 그녀의 마음이 미묘했다.
"너 요즈음 무슨 생각을 그렇게 골똘하게 해."
"응? 아무것도 아니야. 지구에는 잘 다녀왔어?"
아트라하시스는 예전부터 지구가 좋았지만, 이제는 그곳을 좋아할 이유가 더 생겼다. 그래서 그는 테티스에게 미안한 마음을 가지고 있었다.
"응, 내가 지구에 다녀오는 것이 마음 쓰이지? 미안해!"
"사실 마음이 쓰이고 조금 혼란스러운 것도 사실이지만, 오빠가 잘못한 것이 없어서 애매해."
그는 그녀가 마음을 사실대로 표현해 주는 것이 좋았다.
"그렇지만 오빠를 좋아하는 마음이 덜해지는 것도 아닌 것이 조금 화가 나."
그런 그녀의 어깨를 그는 따뜻하게 감싸 안았다.
"미안하고 고마워. 트리톤 대장군에게 너와 결혼하는 것을 허락해 달라고 말해야 하겠다."
"그럼 나 애 딸린 홀아비와 결혼하는 거야? 내가 무척 손해 보는 거 같은데?"
"맞아. 애 딸린 홀아비랑 결혼해 줄래?"

"거절할 수가 없는 일이네. 오빠를 사랑하는 것도 문제고, 그 애라는 존재가 너무 대단하고 훌륭해서 탐이 나는 것도 문제고."

뾰로통하게 말하면서도 눈에 웃음기 가득한 그녀가 사랑스러워 그는 다시 그녀를 품에 소중하게 안았다. 그런 그의 넉넉한 품으로 그녀가 깊숙이 파고들었다.

"네가 직접 확인했다고 하니 믿음이 가는구나. 더구나 지제수가 탈옥을 돕는다면 문제가 되지 않을 것이다. 무기도 그 정도면 충분하다. 다만 스타치오텐허에 있는 내 부하들이 관건이다. 나에 대한 충성심은 변하지 않았겠지만, 그들에게도 확신이 필요하다. 그들 앞에 무기를 놓아준다면 그들도 움직일 것이다. 그렇지만 얼마나 많은 동지들이 동참할지는 미지수다. 생각을 더 해야겠다. 어쩌면 이것은 우리에게 최후의 기회일 것이다."

레아를 돌려보낸 뒤 크로노스는 생각에 잠겼다. 고향 쿠트나호라를 떠난 뒤 살아온 날들의 어느 한 부분도 후회되지 않았다. 최선을 다한 삶이었지만, 때로는 삶이 최선을 다한다고 최상의 삶이 되지는 못한다. 아니 대부분의 삶이 그렇다. 간혹 특별한 행운이 함께하지 않으면 평범함이 최선인 삶이 대부분이다.

'아트라하시스처럼 큰 행운을 얻는 것은 매우 특별한 것이다.'

이제 그는 마지막 몸부림을 통해 자신의 삶에 기회가 남아 있는지 확인해야 했다. 그렇지만 이 확인은 모든 것을 걸어야 한다. 딸 레아마저도.

"이 시도가 모든 것의 마지막이라는 것을 네가 알고 있느냐."

면회 온 딸에게 크로노스는 마지막으로 확인했다.

"예, 아버지."

"성공 가능성보다 실패할 확률이 매우 높다는 것도 아느냐."

"예. 또한 이 일로 인해 제 목숨도 잃을 수 있다는 것을 잘 알고 있어요. 그렇지만 지금처럼 사는 것보다 차라리 불 속에 뛰어드는 나방이 되렵니다."

"네게 면목이 없구나. 그럼 이제 마지막 도전을 시작하자."

지제수는 파옥 후 크로노스와 레아, 티탄족 추종자 여럿을 데리고 보먼분화구에 도착했다. 바즈라를 보관하고 있는 무기고의 경계 상태는 매우 허술했다.

"이상한 일이다. 무기고의 경계를 이렇게 할 수는 없는 일이다. 무엇인가 잘못된 듯하다."

"저희들 생각에도 그렇습니다. 혹시 이곳에 바즈라가 없는 것 아닙니까."

"내가 직접 확인한 것입니다. 분명히 이곳에 수백 정이 있습니다."

레아의 말에 서로는 얼굴을 마주보았다. 이미 그들의 동태는 트리톤에게 노출되었을 것이다. 파옥된 감옥과 요주의 인물들의 이동 궤적은 시사되는 바가 분명하기 때문이다. 이제는 분명히 돌이킬 수 없는 일이 되었다.

"경계병들을 처리하고 건물에 들어간다."

크로노스는 결단을 내렸다. 서너 명에 불과한 경계병들은 손쉽게 제거되었다.

"족장님! 정말 바즈라가 있습니다."

"정말이구나. 이렇게나 많다니, 드디어 내게 기회가 온 것인가."

무기를 손에 넣은 크로노스가 감격에 빠졌다. 그는 허공을 향해 축포를 한 방 갈기기 위해 방아쇠를 당기려 했다. 그러나 손가락에 아무것도 걸리는 것이 없었다. 그는 손에 쥔 바즈라를 집어던지고 다른 것을 집어 들었다. 그러나 그것도 방아쇠가 없었다. 그가 털썩 바닥에 주저앉았다. 그제야 그의 추종자들도 사태를 알아차렸다. 그리고 경비가 왜 그토록 허술했는지 이해되었다. 레아가 미친 듯이 바즈라를 헤집어댔다.

"아니야, 이럴 수는 없어. 분명히 제대로 된 바즈라가 있을 거야."

옆에서 사태를 지켜보던 지제수의 무릎도 꺾이고 고개마저 떨구고 말았다.

그런 지제수의 귀에 갑자기 누군가의 괴상한 웃음소리가 들려 왔다. 고개를 돌려 보니 크로노스가 하늘을 향해 두 팔을 치켜들고 포효하듯 광기 가득한 웃음을 내뱉고 있었다. 그렇지만 그의 눈과 귀와 입에서는 핏물이 흐르고 있었다. 그의 마음속 가득했던 욕망들이 절망으로 바뀌자 모두 핏속으로 녹아들어 몸 밖으로 분출되고 있는 것이었다. 황급히 비틀거리는 아버지를 부축하던 레아도 절망의 울음을 터트렸다.

*

"너무 안타까운 일입니다."

포박된 크로노스를 보며 아트라하시스는 탄식했다.

"족장님! 너무 상심하지 마세요."

크로노스는 오히려 아트라하시스를 위로했다. 모든 것을 체념하자 오히려 그를 족장으로 인정할 수 있었다. 욕망을 내려놓자 모든 것이 편안해졌다.

"대장군님을 살려드리기는 어렵습니다. 다만, 우리 부족이 달에서 정착할 수 있도록 지도력을 발휘해 이끌어주신 점은 잊지 않고 기억할 것입니다."

"헛된 야망으로 부족의 미래에 누를 끼친 일을 반성합니다. 늦었지만 이제야 아툼 족장님께 용서를 구합니다. 진정 저의 족장님이셨습니다."

아트라하시스는 괴로운 마음으로 크로노스와 레아를 처형했다. 그 길이 두 부녀를 진정으로 위하는 길임을 잘 알고 있는 그였다.

"대장군님, 그런데 지제수는 왜 연행했습니까."

"연행이 아닙니다. 사실상 따라온 것입니다. 그는 지금도 크로노스가 처형된 형장에서 떠나지 않고 하염없이 머물러 있습니다."

"아무도 없는 처형장에서 무엇을 하고 있다는 말입니까."

"그는 아무것도 하지 않고 그냥 앉아서 허공과 땅바닥을 번갈아 보고 있답니다."

"치우계에 있는 석달타를 모셔서 그를 만나게 해야겠습니다. 데려가서 어떻게 처리하든 알아서 마무리하도록 하세요."

치우계로 돌아온 지제수를 서치우는 선지자 영들과 함께 마주했다. 그러나 그는 앞에 있는 이들이 누구인지 모르는 듯 보였다. 그는 시선을 고정시키지 못했다. 초점이 없고 사방으로 배회하고 있었다. 모든 것이 텅 비워진 상태로 보였다.

"지제수님이 매우 위험합니다. 그동안에 있었던 마음의 고통이 크로노스 일로 인해 폭발되어 기력이 붕괴되고 있습니다. 당장 보호하지 않으면 소멸되는 데 오래 걸리지 않을 것입니다."

그를 지켜보던 자명이 말했다.

"어떻게 무슨 조치를 해야 합니까."

"주군의 기력이 필요합니다. 지제수님의 기는 지금 완전히 풀어져 있습니다. 그 기운을 단전으로 모아 준 다음 다시 전신으로 운행해줘야 합니다. 다만 그 와중에 주군의 기가 많이 소진될 염려가 있습니다. 지제수님의 기력이 워낙 크고 상했었기 때문입니다. 크고 강한 기운을 강제로 운행하여 제자리를 잡도록 하는 것입니다."

"내 기력이 소진되는 것은 문제가 안 됩니다. 그동안 지제수님이 영계를 위해 헌신하신 것을 생각하면 당연한 일입니다."

"그럼 우리가 도울 일은 무엇입니까."

"주군께서 앞에서 기를 순환시키는 동안 석달타님과 구자님은 뒤에서 받쳐 주셔야 합니다. 주군의 강한 기운을 지제수님의 기운이 거부하며 뒤로 밀려나게 될 것입니다. 그렇게 3일을 견디시면 본래의 모습을 되찾으실 것입니다."

3일이 지났다. 그동안 치우계의 모든 이들은 지제수의 회복을 한마음으로 기원했다. 영계의 모든 이들은 지난날 그의 헌신을 잊지 않고 있었다. 그러나 모두의 마음 한편에는 경계심도 있었다. 지난날의 모습을 잃은 지제수의 행적에 대한 염려였다. 모두는 두려운 마음으로 문이 열리기를 기다렸다.

마침내 문이 열리고 기진한 모습의 서치우가 나왔다. 묘화가 얼른 달려가 아들을 부축했다. 뒤이어 지제수를 부축한 석달타와 구자가 밖으로 나왔다. 모두는 재빨리 지제수의 얼굴을 살펴보았다. 그리고 안도와 함께 환호했다. 그의 얼굴에 평화로운 옅은 미소가 감돌고 있었다.

"지제수님의 얼굴에 온화함이 되살아났다."

그가 15년 전 환생 이전의 모습을 되찾았던 것이다. 비로소 흑화를 이겨낸 그의 모습에 어떤 이는 땅에 엎드리고 어떤 이는 감격의 눈물을 흘리고 있었다. 잠시 후 기운을 차린 지제수의 얼굴에 옅게나마 후광까지 살아났다.

그는 서치우와 선지자 영들에게 무릎을 꿇었다.

"지제수가 세 분 은인을 뵙습니다."

서치우가 당황하며 지제수를 일으키려 하였다. 그러나 지제수는 일어서지 않은 채 서치우의 손을 꼭 잡았다.

"내 마음에 차올라 있는 이 청량함은 당신의 기운을 받은 때문인 것을 나는 잘 압니다. 나를 괴롭히던 증오가 사라진 것도 당신이 기운을 나누어준 것 때문임을 잘 압니다. 이제 나는 당신으로 인해 다시 태어났음도 잘 압니다. 진정 당신은 구세주입니다."

무릎을 꿇은 채 서치우의 손을 공손하게 부여잡은 지제수의 눈에는 감사와 기쁨의 눈물이 흐르고 있었다.

"아닙니다. 그것은 본디 지제수님의 성품이 올곧았기 때문입니다. 힘겨운 일들을 정말 잘 견디셨습니다. 매우 다행입니다."

서치우가 진심으로 기쁨에 겨워 지제수의 손을 부여잡았다.

"주군! 지제수님의 공력이 전보다 무척 강해졌습니다."

"내게도 느껴집니다. 이천 갑자를 훌쩍 넘겼습니다."

"이는 지제수님이 새로운 깨달음을 얻으셨다는 의미입니다. 경하드립니다."

자명의 말에 지제수는 넉넉한 웃음과 함께 입을 열었다.

"나 자신도 느껴진다네. 소멸에 대한 고통과 헌신에 대한 가치와 생명체들에 대한 존경심이 내 마음속에 가득 차오르고 있네!"

말을 마친 지제수의 머리 뒤로 크고 환한 광배가 형성되었다. 진정한 깨달음을 얻었음을 나타내는 징표였다.

9년이 흐른 어느 날.

서치우가 드디어 9망성형을 완성하였다. 그리고 새롭게 태어난 지제수가 우주로 별의 씨앗이 되기 위해 출발하는 날이다. 그는 별의 씨앗이 되겠다고 자청했다. 자신만이 진정한 적임자라고 강력하게 주장하여 모두가 인정을 하고 만 것이다. 그는 스스로를 희생하여 우주의 모든 생명체 영들이 진정으로 소멸을 극복하는 길을 연 것이다.

"나는 이제 우주로 떠나 다시는 이곳으로 돌아오지 못합니다. 그렇지만 나로 인해 새로운 영생의 길이 열리게 됨에 자부심을 가집니다. 그 밑거름이 되는 내가 자랑스럽습니다."

"지제수님의 값진 희생에 경의를 표합니다. 이곳에서는 모두가 힘을 합쳐 지구의 생명체들이 참된 삶을 살아 더 많이 치우계에 들어올 수 있도록 힘쓰고, 별을 이룩하는 데 함께할 수 있도록 이끌겠습니다. 지구의 모든 생명체들 사이에 있는 갈등을 치유하고 인류의 부질없는 욕망을 거둬내 진정 평화로운 세상을 만들어 내겠습니다. 그리하여 오래지 않아 지제수님을 다시 만나러 갈 수 있도록 노력하겠습니다."

서치우는 떠나는 지제수를 축복하였다.